啄木賢治の肖像

岩手日報社

啄木・賢治 散策MAP

❶啄木が生まれたとされる常光寺（盛岡市日戸）／❷賢治の産湯に使われた母イチの実家の井戸（花巻市鍛治町）／❸盛岡中学校時代に啄木が授業を抜け出して寝ころんでいた岩手公園にたつ歌碑（盛岡市内丸）／❹中学校卒業直後の入院体験をもとにした賢治の文語詩を刻んだ碑（盛岡市内丸）／❺「啄木新婚の家」啄木と節子が新婚時代に暮らした部屋（盛岡市中央通３丁目）／❻羅須地人協会から約 500 メートル東にある賢治自耕の地（花巻市桜町）

盛岡市
啄木・賢治
教浄寺
願教寺
龍谷寺
清養院
旧岩手病院
（現・岩手医大付属病院）
「小天地」発行の地
盛岡中学校跡
（現・岩手銀行本店）
盛岡天満宮
岩手公園
盛岡てがみ館
もりおか啄木・賢治青春館
4
仙北町駅

江南義塾盛岡高
旧盛岡中学校
（現・盛岡一高）
旧盛岡高等農林学校
（現・岩手大農学部）
上盛岡駅
啄木新婚の家
光原社
岩手県立図書館
盛岡駅
旧盛岡高等小学校
（現・下橋中）
啄木父子の歌碑
盛岡市先人記念館

日暮里駅
国柱会館跡
旧帝国図書館
（現・国際子ども図書館）
鶯谷駅
上野恩賜公園
上野駅
蓋平館別荘跡
文信社跡
赤心館跡
賢治旧居跡
喜之床跡
御茶ノ水駅
水道橋駅
秋葉原駅
八幡館跡
YMCAタイピスト跡
神田駅
上州屋跡
皇居
東京駅
有楽町駅
新交響楽団（当時）練習所跡
東京朝日新聞社跡

東京都
啄木・賢治
啄木終焉の地
大館みつ方跡
飯田橋駅
靖国神
市ヶ谷駅
新宿御苑
四ツ谷駅
千駄ヶ谷駅
信濃町駅
東京新詩社跡
東宮御所

渋民周辺
啄木
大泉院
東大更駅
4
好摩駅
岩手山
渋民小
鶴飼橋
石川啄木記念館
姫神山
宝徳寺
渋民駅
常光寺
滝沢駅

花巻市
賢　治
早池峰と賢治の展示館
羅須地人協会建物
（現・花巻農高内）
花巻空港駅
大沢温泉
宮沢賢治童話村
新花巻駅
似内駅
花巻駅
イギリス海岸
宮沢賢治記念館
花巻農学校跡地
（現・ぎんどろ公園）
林風舎
宮沢賢治イーハトーブ館
賢治生家跡
「さいかち淵」碑
母イチの実家
羅須地人協会跡
（雨ニモマケズ詩碑）

函館市中央図書館
函館駅
函館市文学館
石川啄木居住地跡
函館山
啄木一族の墓
函館市
啄　木

南昌山
藤原健次郎生家
紫波町・矢巾町
賢　治
古館駅
4
藤原嘉藤治入植地
高水寺跡
紫波中央駅

啄木・賢治
資料館

啄木が渋民尋常高等小学校の代用教員時代に弾いたとみられるオルガン（石川啄木記念館所蔵）

啄木自筆の「課外英語科教案」。この教案に基づき、放課後を利用して高等科の生徒に英語を教えた（石川啄木記念館所蔵）

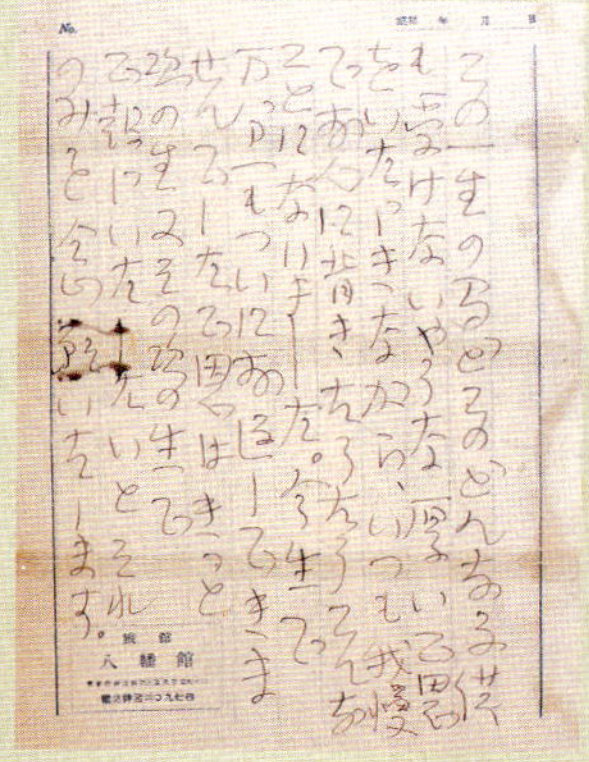

賢治が父母に宛てた遺書の一部。「今生で万分一もついにお返しできませんでしたご恩はきっと次の生又その次の生でご報じいたしたい」などとつづっている（資料提供・林風舎）

妹トシ愛用のバイオリンとともに並ぶ賢治のチェロ（左）（宮沢賢治記念館）

啄木・幼少〜青年期

盛岡高等小学校時代の啄木（前列中央）といとこたち＝1896（明治29）年撮影（資料提供・石川啄木記念館）

盛岡中学校時代、ストライキ参加直前の石川啄木（前列中央）ら（資料提供・石川啄木記念館）

啄木・友人

金田一京助（左）と石川啄木＝1908（明治41）年10月4日撮影（資料提供・石川啄木記念館）

啄木（左下）と宮崎郁雨（丸の左端）ら苜蓿社同人＝1907（明治40）年夏撮影（資料提供・石川啄木記念館）

啄木・資料

啄木の歌集「一握の砂」の初版。この題名は、曹洞宗の開祖である道元の教えが元になっているとの指摘もある（石川啄木記念館所蔵）

「明星」終刊号（復刻版）の表紙（資料提供・岩手県立図書館）

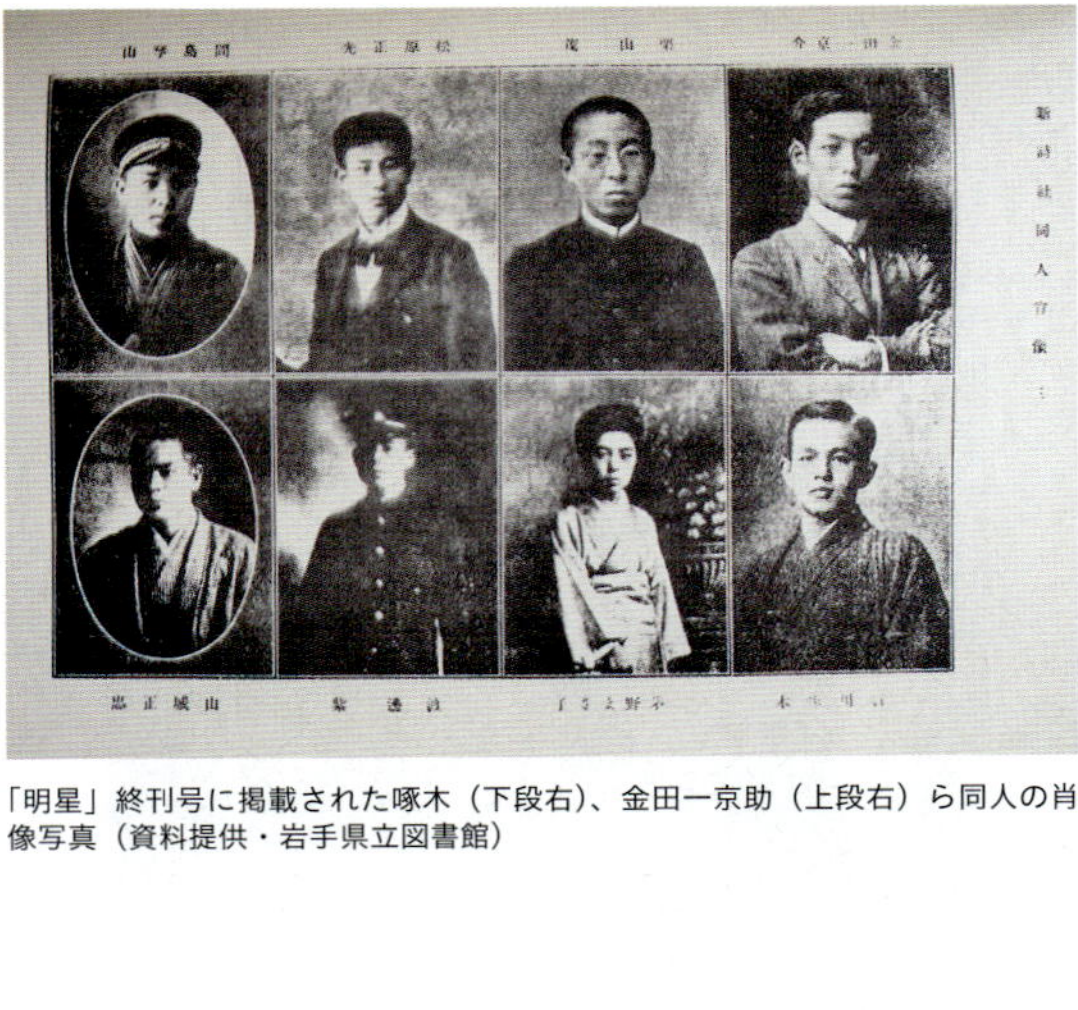

「明星」終刊号に掲載された啄木（下段右）、金田一京助（上段右）ら同人の肖像写真（資料提供・岩手県立図書館）

賢治・幼少～青年期

宮沢賢治５歳、妹トシ３歳の小正月の記念写真。父の弟宮沢治三郎の撮影とされる（資料提供・林風舎）

盛岡中学校１年３学期、寄宿舎同室者との記念撮影と思われる写真に収まる賢治（前列左）。最後列左が藤原健次郎（資料提供・林風舎）

賢治・友人

1916年春から初夏ごろ、盛岡高等農林学校の寮友たちと撮影した写真。後列左から2番目が宮沢賢治で、右端が保阪嘉内（資料提供・保阪嘉内・宮沢賢治アザリア記念会）

「精神歌」完成を記念して撮影した写真。右から賢治、稗貫農学校の同僚の堀籠文之進、友人で作曲者の川村悟郎（資料提供・林風舎）

賢治・資料

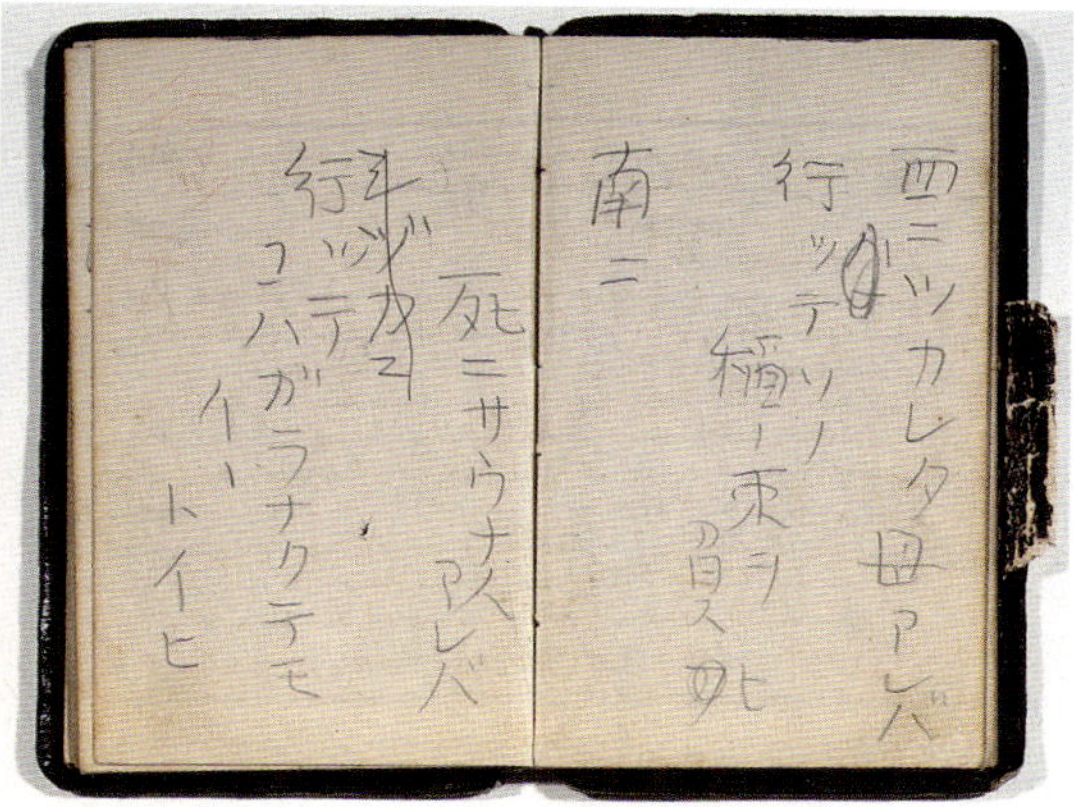

「雨ニモマケズ」の5、6ページ。左上の隅に赤鉛筆で書かれた「行ッテ」の字が見える（資料提供・林風舎）

光原社所蔵の「注文の多い料理店」初版本。同社敷地内の「賢治に捧ぐ柚木《ゆのき》沙弥郎《さみろう》マヂエル館」に展示さる

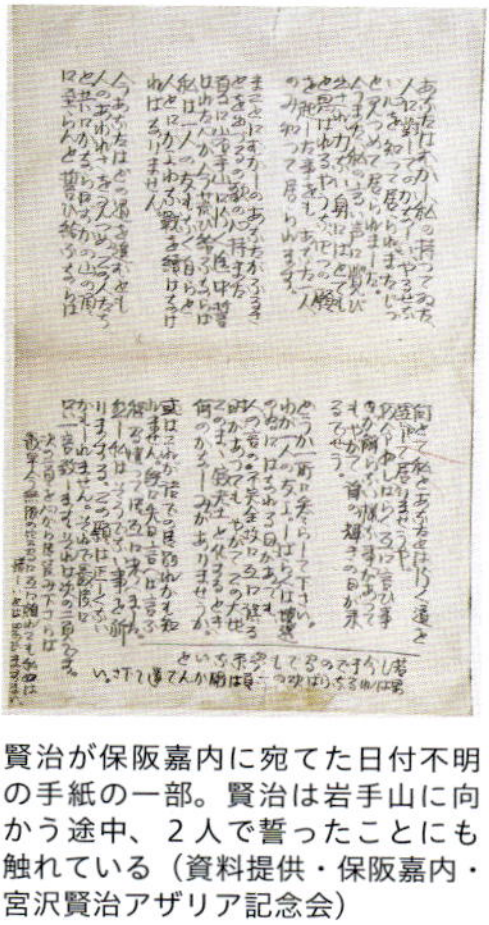

賢治が保阪嘉内に宛てた日付不明の手紙の一部。賢治は岩手山に向かう途中、２人で誓ったことにも触れている（資料提供・保阪嘉内・宮沢賢治アザリア記念会）

故郷岩手の風景

渋民公園から望む岩手山。この雄姿は、故郷を離れた後も啄木を支え続けた＝盛岡市渋民

賢治が花巻農学校の生徒らと泳いだり、クルミの化石を採取したりしたイギリス海岸＝花巻市・北上川

目次

CONTENTS

注1

「啄木賢治の肖像」は、2016年1月より岩手日報紙面で計30回にわたり連載された特集記事を書籍化しました。本文で登場する人物の年齢、地名の所在地などは、連載当時のまま掲載しています。

※但し、16年4月に設置期間の終了した「盛岡市玉山区」については「盛岡市」と表記します。

注2

文中の啄木作品の表記は「石川啄木全集」（筑摩書房）、賢治作品の表記は「新校本宮澤賢治全集」（筑摩書房）をもとにしています。

２０１６年に生誕１３０年を迎えた歌人・詩人石川啄木（１８８６～１９１２年）と、生誕１２０年の詩人・童話作家宮沢賢治（１８９６～１９３３年）。岩手が生んだ日本を代表する文学者の２人は、理想と現実の狭間でもがき苦しみながら、数々の作品を生み出した。豊かな文学世界は、時代を超えて共感を呼び、今なお新しい読者を獲得している。短い生涯を駆け抜けた２人の足跡を、共通のテーマに沿ってたどり、あらためてその魅力を探る。

第一章　誕生～幼少期

親の愛情、期待一身に　啄木

石川啄木は１８８６（明治19）年２月20日、南岩手郡

盛岡高等小学校時代の啄木（前列中央）といとこたち＝1896（明治29）年撮影（資料提供・石川啄木記念館）

日戸村（現・盛岡市日戸）の曹洞宗常光寺で父石川一禎《いってい》、母工藤カツの長男として生まれたとされる。啄木自身のメモや友人たちが書き残した啄木の話などから前年に生まれたという説もあるが、裏付けがないことから戸籍の年月日を用いている。

長女サタ、次女トラに続く待望の男児は、一《はじめ》と名付けられた。父が僧籍にあったため父の戸籍には入らず、6歳まで母方の姓の「工藤一」と名乗った。

87（同20）年、一禎は隣の渋民村（同市渋民）の宝徳寺住職となり、1歳の啄木を含む一家は同寺へと移った。

啄木は91（同24）年5月、父親にねだって学齢より一年早く5歳で渋民尋常小学校（現・渋民小）に入学し、4年間学ぶ。

姉妹に囲まれて育った啄木は、両親から特別にかわいがられた。妹の光子は著書「兄啄木の思い出」で次のように紹介している。

「兄のわがままは、夜、夜中でも『ゆべし饅頭《まんじゅう》』がほしいといいだすときかないで、家じゅうを起こしてしまう。やむなく起きだしてそれをつくってやるというあんばいであった。（中略）こんなふうに母の愛をほしいままにしていたばかりでなく、父は父で、道具ひとつ作るにも、これは一のものだといって、自ら筆をとって『石川一所有』と書き入れたものである」

2番目の姉トラの「弟が生まれてから、母などは私達をそっちのけにして弟ばかり可愛がるので、幼な心にも不平だったことを覚えて居ります」との言葉も残っている。

国際啄木学会前会長で岩手大名誉教授の望月善次さん（73）は「明治民法における長男の位置付けは特別で、当時は長男以外は人間ではなかった、と言っても過言ではない。有り余るほどの経済力に恵まれていた訳ではないが、村において寺は村長、庄屋などに続く『第3の位置』を保っていた」と背景を解説する。

後年貧苦の道を歩む啄木だが、幼少期には大自然に囲まれたふるさとで、寺の「お坊ちゃん」として伸び伸びと育った。人生や作品に垣間見られる自負心は、このころから培われていたのだろう。

渋民尋常小の卒業時には首席の成績をとり「神童」と呼ばれていた啄木は95（同28）年、盛岡高等小学校（現・下橋中）に入学。盛岡の親戚宅に身を寄せる。

当時は盛岡市内の小学校を卒業しても、よほど向学心が強いか裕福でなければ進学できなかった時代。優秀な成績で卒業した我が子に対する両親の愛情や期待が感じられる。

「旧姓」の友懐かしむ　作品に見る啄木

小学の首席を我と争ひし
友のいとなむ
木賃宿《きちんやど》かな

「友」は渋民尋常小学校の同級生で、啄木と首席を競った4歳年上の工藤千代治《ちよじ》。「千代治等《ちよじら》も長じて恋し／子を挙げぬ／わが旅にしてなせしごとくに」という次の歌にも出てくる工藤は、渋民村役場の書記として勤務する傍ら、小さい宿屋を経営。のちに収入役、助役を経て同村長となった。

啄木研究の第一人者の故岩城之徳さんは「啄木歌集全歌評釈」で、「啄木が小学校の旧友の中で特にこの工藤千代治を思い出したのは、卒業のおり首席を争ったという他に、啄木が小学校二年生の秋まで母親の戸籍に入れられ、『工藤一』と名乗っていたので、特にこの工藤姓の友が懐かしく思い出されたのであろう」と指摘する。

この歌は、啄木の東京時代の作品551首を収録した初の歌集「一握の砂」に収められている。5章のうち第2章「煙」の「一」は盛岡時代、「二」は渋民時代を回想している。

人を楽しませる才能　賢治

宮沢賢治は1896（明治29）年8月27日、稗貫《ひえぬき》郡里川口《さとかわぐち》町（現・花巻市豊沢町）で質・古着商を営む父政次郎《まさじろう》と母イチの長男として生まれた（戸籍上は8月1日）。政次郎は商用で関西方面に出掛けていたため、名前は政次郎の弟でカメラマンだった治三郎が命名した。

96年は東北にとって多難

宮沢賢治5歳、妹トシ3歳の小正月の記念写真。父の弟宮沢治三郎の撮影とされる（資料提供・林風舎）

な年だった。6月に三陸大津波、賢治が誕生して間もない8月31日に、岩手と秋田の県境を震源地とする陸羽大地震が発生。実家に戻って出産したイチは、念仏を唱えながら嬰児籠《えじこ》の上に身を伏せ、賢治を守ったという。

政次郎は家業に励む一方で、浄土真宗の篤信家《とくしんか》でもあった。政次郎の姉ヤギに同宗の聖典「正信偈《しょうしんげ》」や「白骨の御文章《おふみ》」を子守歌のように聞かせられた賢治は、3歳のころには、暗唱できた。イチも「ひとというものは、ひとのために何かしてあげるために生まれてきたのス」と語り聞かせていたという。

こうした仏教的な環境に育まれたと思われる幼・少年時代は、荷馬車にひかれた友達の血だらけの指を吸ってやった、罰としてなみなみと水の入った茶碗を持たされ立たされた級友に同情し一気にその水を飲み干した—などの逸話が残る。

また、賢治が花巻川口尋常高等小学校(1905年に移転し花城尋常高等小と改称。現・花巻小)2年の夏(04年)に近所の豊沢川で子ども2人が流される事故があった。夜も灯火を掲げた舟が捜索する様子を橋の上から見守ったという。後の「銀河鉄道の夜」につながる原体験の一つともされる。

賢治のまたいとこ橋本利平さん（93）は、賢治の一つ年下で賢治とよく遊んだ母ミツさん（故人）からこんな話を聞いている。

橋本家と宮沢家がある夏、花巻の志戸平温泉に行った時のこと。賢治は川から拾ってきた石に目鼻を彫り、川に放り込んで「何年か後に誰かが見つけたとき、相当古いものかと問題になるかもしれない」と話したという。鉱物や植物、昆虫に熱中し、家族から「石コ賢さん」と呼ばれた賢治の、いたずら好きでおちゃめな素顔を伝える話として興味深い。

また、ミツさんは小学4、5年生ごろ、親類の子らと共にイチの実家の米蔵に集められ、米俵の高いところに座った賢治から「巌窟王《がんくつおう》」の物語を聞かされたという。

利平さんから、これらの話を聞いた文教大文学部（埼玉県越谷市）の鈴木健司教授は「賢治は人を驚かせたり、楽しませたりするのが好きだった。そうした資質が後年のユーモアにあふれ、自由奔放な物語作家・賢治につながっている」と注目する。

擬声語に早くも個性　作品に見る賢治

あの古校舎には我等は四年の上も居って習った。尋常二年の時の二学期から尋常三年の二学期の末まであそこで習ひ、それから新校舎に来たが二ケ月ならずして焼けて二度、あの学校に入って今年のすぐせんだってまで入って居た。その間には北風がぶーぶーと吹くと一しょに雪が入って、寒かった事もあった。（略）四年の上も苦楽を共にしたあの校舎も今は捨てられて、この寒い時に只一人、あの風あたりの強いところで寒さに泣いてゐるであろう。今は我等はこのべんきょーしやしい所に居るのだが、なんとなくあの校舎はなつかしい。

これは、賢治が6年生の時のつづり方帳にあった作文で、題名は「古校舎をおもふ、」。盛岡市の賢治研究家吉見正信さん（87）は、「北風」などの気象を表す言葉や、障子窓の校舎を表す「ぶーぶー」といった擬声語に、後の作品にも通じる賢治の個性を感じるという。

さらに、古校舎を擬人化し、まるで友達であるかのように振り返っているところに「技巧の巧みさを超えた感動を呼ぶ」と鑑賞する。

第二章　少年・青春時代㊤

石川啄木と宮沢賢治の少年・青春時代は、文学への目覚めの時期とも言える。盛岡中学校に学んだ啄木は多くの仲間に囲まれ、ともに回覧雑誌を作ったり短歌を発表したりと文学にのめり込んでいった。同じく同校に学んだ賢治も、自然との触れ合いや権威への反発、友の死など、さまざまな感情を創作へと昇華させていく。先輩である啄木の第一歌集「一握の砂」に影響を受け、賢治が短歌を作り始めたのもこの時期だった。

級友と共に文学志す　啄木

石川啄木は1895（明治28）年、盛岡高等小学校（現・下橋中）へと入学した。校長は生涯の師となる新渡戸仙岳《せんがく》。

同級生で3年間啄木と同じクラスだった伊東圭一郎は、身長順でも啄木と同じ「チビ組」だったという。著書「人間啄木」で啄木のことを「可愛い少年だった。糸切り歯が見え、笑うと右の類にえくぼが出た」と回想している。

生涯の親友となる金田一京助と初めて出会ったのもこのころ。「見たところでは、六つ七つの子供と見違えそうな」幼さの残る啄木を友人たちとからかい、追い回されたと京助は著書「新編　石川啄木」に書いている。

啄木は97（明治30）年から中学校受験のため菊池道太が経営する予備校、学術講習会（現・江南義塾盛岡高）へ通い、勉学に励んだ。盛岡高等小の成績は3年間を通じて学業、行状、認定とも「善」（今でいうオール5）の好成績だった。

98（明治31）年、啄木は128人中10番という優秀な成績で盛岡尋常中学校（翌年盛岡中学校へと校名変更、現・盛岡一高）へと合格。当時、1学年上には野村胡堂（作家、音楽評論家、本名・長一）、2学年上には京助（言語学者）、及川古志郎（海軍大臣）、田子一民（衆院議長）、さらにその上には米内光政（内閣総理大臣）らがいた。後に、政治、軍、学術の各界で活躍する面々がそろっていた。

啄木と後の妻節子との出会いの時期は99（明治32）年、啄木13歳、2年次のころだったとされている。

1901（明治34）年、啄木3年次に、地元出身の先生たちと他県から来た優秀な先生たちとのあつれきに生徒らが不満を持ち、校内刷新運動が起こった。啄木の学級も、及川八楼が先導したストライキに合流。4年のリーダーは野村だった。当時の知事の裁定で収束したものの、校長の休職をはじめ教員23人中19人までが休職、転任、依願退職となった。

啄木は後にこのことについ

盛岡中学校時代、ストライキ参加直前の石川啄木（前列中央）ら（資料提供・石川啄木記念館）

て、岩手日報の「百回通信」で触れ「先生亦八戸に之《ゆ》かる。嵐去りて小生の心寂し」と、慕っていた担任、富田小一郎の転任を振り返っている。

啄木はまた、及川、京助、野村らの指導を受けて文学を志し、雑誌「明星」を愛読して影響を受けていた。友人たちと回覧雑誌「三日月」や「爾伎多麻《にぎたま》」を作ったほか、「白羊会」という短歌研究の会を組織し、詠草は同年12月から翌年1月に岩手日報に連載された。「翠江《すいこう》」の筆名で、啄木の短歌が初めて活字となったのである。

石川啄木記念館学芸員の中村晶子さん（37）は「盛岡中学時代、啄木は仲間に恵まれ互いに刺激し合った。この時の経験が、後の文学人生を切り開いていったのだろう」とみる。

金田一京助の書による啄木の歌碑。下橋中の創立90周年を記念して建てられた＝盛岡市馬場町

短歌に「明星」の影響　作品に見る啄木

かりそめの人のすさびの鑿《のみ》の香を春したひよる夕の窓かな

「白羊会詠草（一）夕の歌」として、啄木が白羊会メンバーとともに1901（明治34）年12月3日、岩手日報に発表した短歌6首のうち2首目。啄木短歌で活字になった最初の作品の一つだ。

前国際啄木学会会長で岩手大名誉教授の望月善次さん（73）は、「かりそめのほんの手すさびに持った鑿《のみ》（によって刻まれた木）の香りがしていますが、春が、その香りを慕って寄って来る春の夕べの窓ですね」と現代語に訳す。

その上で「あえて分かりやすくせず、多重的に読める歌で、与謝野晶子の歌集『みだれ髪』の手法を取り入れている。『明星』に強い影響を受けていることが分かる」と特徴を紹介する。

同作で啄木が用いた筆名は「石川翠江《すいこう》」。盛岡中学時代にはほかに「麦羊子《ばくようし》」「白蘋《はくひん》」なども使っていた。

白羊会同人には、瀬川委水楼（深）、小林花郷（茂雄）、岡山残紅（儀七）、金矢朱絃（七郎）、野村右近（長一、胡堂）、猪川箕人（浩）らがおり、互いに高め合っていた。

権威的な学校に反発　賢治

1909（明治42）年4月、宮沢賢治は盛岡中学校（現・盛岡一高）に入学する。当時は「商人の子に学問はいらない」という考え方が一般的で、祖父の喜助は進学に反対だった。賢治の希望がかなったのは、父政次郎、母イチの後押しがあったからだ。

寄宿舎に入った賢治は、ランプ磨きや布団の上げ下げなど下級生の仕事を率先し、上級生に重宝がられた。一方、少年時代から好きだった鉱物採集にますます熱中し「石こ賢さん」の机の上や引き出し、押し入れは盛岡近郊の山や丘から集めた岩石標本であふれた。

盛岡中学校1年3学期、寄宿舎同室者との記念撮影と思われる写真に収まる賢治（前列左）。最後列左が藤原健次郎（資料提供・林風舎）

2年の6月、初めて岩手山に登り友人を置いてきぼりにする健脚ぶりで驚かせた。しかし、体操の時間となると「運動神経のにぶさにかけては、いつもクラスの筆頭」であり「軍人あがりの体操教師の、かっこうななぶりものであった」（阿部孝「中学生の頃」『四次元』100号）という。

この教師の仕打ちは腹に据えかねたようで、賢治は2年の夏、一級上の親友藤原健次郎への手紙に「奴。来学期は生しておかない。なますにして食ってしまはなくっちゃぁ腹の虫が気がすまねぇだ」と冗談めかして怒りを訴えた。同じ手紙の中で、賢治は成績不振や温泉でのいたずらに触れ「僕は来学期も僕独特の活動をしやうと思ってる」と開き直っている。

教科書で勉強せず、難しい哲学書を読みふけり、教師に反発する日々の延長上に起きたのが、4年時の寄宿舎の新舎監排斥騒動。賢治は雄弁会で「生徒は生徒らしくなくてはいけないが、先生も先生らしくなければいけない」と演説。排斥の黒幕・参謀だったと語る同窓生もいる。

中学時代の賢治について「盛岡中学生宮沢賢治」などの著書がある小川達雄さん（86）は、権威主義的な教育と一線を画した後年の農学校教員・賢治と比較し「この頃から賢治と学校の姿勢に根本的な違いがあった」と推察する。

寄宿舎を追い出された賢治が約３カ月下宿した清養院＝盛岡市名須川町

寄宿舎騒動で4、5年生全員が退寮を命じられ、賢治は盛岡市名須川町の清養院や徳玄寺に下宿。報恩寺で参禅、願教寺では島地大等の法話を聞き、仏教に傾倒していった。

創作に目覚めたのもこの中学時代。自然との触れ合い、学校の権威への反発、寄宿舎で同室だった健次郎の死（賢治2年の9月）―。同年12月には、10歳上の大先輩石川啄木の歌集「一握の砂」が発刊される。

短歌を作り始めたのは中学3年ころとされる。賢治研究家の牧野立雄さん（67）は「岩手山登山の感動や、親友を失った悲しみなど、日々心に浮かぶ思いをどう表現すればいいのか、探し求めていた賢治にとって『一握の砂』は絶妙なタイミングで届いた贈り物」とする。

教師の振る舞い非難　作品に見る賢治

「黒板は赤き傷受け雲垂れてうすくらき日をすすり泣くなり」
「この学士英語はとあれあやつれどかゝるなめげのしわざもぞする」

この歌は賢治が2年時の授業中の出来事を振り返って詠んだとされる。授業中のいわゆる“内職”が見つかった生徒が指名され、黒板に英作文を書かされるが、出来が悪かったらしい。教師の赤いチョークで一気に消されてしまったという。

しおれる級友と「赤き傷」を負った黒板に自身を同化した賢治は、この教師の行為を「かゝるなめげのしわざ（こうした無礼な振る舞い）」と非難する。

こうした教室でのやりとりは、賢治の童話「銀河鉄道の夜」の冒頭の場面をほうふつさせる。主人公ジョバンニは、自分の境遇を気の毒がり、わざと教師の問いに答えないカムパネルラの思いやりに気付いて涙ぐむ。

小川達雄さんは「賢治はこうした人間同士の心の交流が、教師と生徒の間には乏しい、と感じていたのではなかろうか」と指摘する。

第三章　少年・青春時代㊦

青春時代の石川啄木と宮沢賢治はそれぞれ友や師との出会い、恋愛を通して文学活動を深化させていく。啄木は文学で身を立てようと盛岡中学校（現・盛岡一高）を退学し、上京。人生初の挫折を味わう。商家の長男である賢治は家業を継ぐ定めに煩悶《はんもん》しつつ、自身の後半生の基盤となる学問を身に付け、つかのまの青春を謳歌《おうか》する。

東京生活　大きな挫折　啄木

「ローマ字日記」を書いたり、評論や書簡に英単語を多用した啄木は盛岡中学校時代、自主的に会

盛岡中学校時代の啄木（前列右から２人目）と文学仲間（資料提供・石川啄木記念館）

を組織し、英語を勉強していた。

３年に進級して間もなくつくった親睦の会が発展したグループの名前は、テキストの「ユニオンリーダー」からとった「ユニオン会」。メンバーは、啄木のほか級長の阿部修一郎、副級長の小野弘吉、伊東圭一郎、小沢恒一の５人だった。

毎週土曜の夜にそれぞれの家に順番に集まり、当番が訳読して質疑応答する。仲間とともに英語力を高めていった。

岩手大名誉教授の星野勝利さん（71）＝英米文学＝は「後に啄木が書いた論文を読むと、『モノタナス』『プロザイシュ』といったレベルの高い英語を使い、表現している。ユニオン会を組織し自習していたことは、英語を勉強する意欲の表れだろう」と、関心の高さを指摘する。

また、英語の自習後には最近読んだ新聞雑誌や単行本の感想を披露していた。青年らしいみずみずしい感性で語り合っていたのだろう。

伊東は著書「人間啄木」で「このあとは楽しかった。（中略）こうして我々は時の問題を採り上げたので話は中々尽きない。いつも散会するのは午前一時ごろであった」と当時を懐かしんでいる。

小沢も著書「石川啄木」で「それがすむとやれやれというわけで、くつろいで自由に雑談に耽ける。それがとても面白かった。(中略)所謂切磋琢磨というのである。青年時代のかかる経験は学校の教室以上の大きな教養を与えるものであった」と振り返った。

盛岡中学校時代の啄木は、自由でおおらかな雰囲気の中、文学にも力を入れる。後に妻となる堀合節子との恋愛にものめり込んだ。こうして学業はおろそかになり、学校の成績は落ちていく。4年終了時には

盛岡中学校時代に啄木が授業を抜け出して寝ころんでいた岩手公園にたつ歌碑
=盛岡市内丸

119人中82番だった。

5年に進級しても学業に身が入らず、欠席が相次ぐ。4年学期末試験に次いで学期末試験でもカンニングをしたことから再度けん責処分を受けた。

10月には「家事上の都合」として退学届けを提出、上京。「白蘋《はくひん》」の筆名で短歌が掲載された文芸誌「明星」を発行する東京新詩社の会合に11月には参加し、与謝野鉄幹、晶子夫妻に初めて会う。

大志を抱いて始めた東京生活も、中学編入や翻訳書の出版、雑誌編集員への就職など、試みたことにことごとく失敗。生活困窮と病のため1903（明治36）年2月、父一禎につれられ、わずか4カ月で渋民へ帰郷した。

啄木は17歳で大きな挫折を味わう。この時のことを後に詩人、野口米次郎《よねじろう》宛ての手紙で「他人が五十年もかゝつて初めて知る深酷な人生の苦痛を、鋭く胸に刻みつけられた」と打ち明けている。

授業より文学に熱中　作品に見る啄木

教室《けうしつ》の窓《まど》より遁《に》げて
ただ一人《ひとり》
かの城址《しろあと》に寝《ね》に行《ゆ》きしかな

「一握の砂」に収められているこの作品の初出は「スバル」1910（明治43）年11月号。

啄木は09（同42）年、岩手日報に連載していた「百回通信」の「二七　富田先生が事」の中で、しばしば授業を抜け出して盛岡城跡で寝ころんでいた盛岡中学校時代を回顧し、次のように書いている。

「時に十四歳。漸く悪戯の味を知りて、友を侮り、師を恐れず。時に教室の窓より、又は其背後の扉より脱れ出でて、独り古城趾の草に眠る。欠席の多き事と師の下口を取る事級中随一たり。先生に拉せられて叱責を享くる事殆んど連日に及ぶ」

家庭の事情で上級学校への進学の道が閉ざされていたことなどから文学や恋愛に熱中し、次第に学業がおろそかになっていった啄木。同中を退学して、文学で身を立てるべく上京することになる。

友や師と出会い開花　賢治

学校の／志望はすてぬ／木々の青／弱りたる目にしみるころかな

（歌稿Ａ「大正三年四月」より）

1914（大正3）年3月、宮沢賢治は盛岡中学校を卒業。最終学年（5年）の成績は88人中60番だった。

翌月、賢治は盛岡市の岩手病院（現・岩手医大付属病院）で肥厚性鼻炎の手術を受ける。手術後に発疹チフスが疑われ、約1カ月間の入院生活を送った。

進学の道は断たれ、自分を待ち受けるのは嫌いな質・古着屋を手伝う日々。自身の将来や境遇を憂える中、賢治は担当の看護師に恋をする。思い詰めた賢治は退院後、政次郎に結婚したいと訴えるが一喝され、うつうつとした日々を送る。

そんな賢治を見かねた政次郎は、賢治の学業を生かした家業の転向も視野に盛岡高等農林学校（現・岩手大農学部）の受験を許した。

このころ賢治は島地大等《だいとう》編「漢和対照妙法蓮華経」を読んで感動。生まれ変わったように元気になる。年明けからは盛岡市の教浄寺（時宗）で受験勉強に励み、15（同4）年春、同校農学科第二部に首席入学を果たした。

盛岡高等農林は、凶作のたびに娘の身売りなどが問題となる東北振興策として国が設置した国内初の農業専門学校。全国から優秀な学生たちが集まった。

賢治はここで冷害や火山灰土壌研究の第一人者で、当時の農学界を代表する土壌学者関豊太郎教授と出会う。

高農時代の成績は中学時代とは打って変わって優秀で、2年次に続き最終学年の3年次も特待生に選ばれた。関教授の試験では解答を英語で記し、満点をもらったこともある。

一方、耕作などの農業実習は苦手で、不格好なわらじを作って級友に大笑いされたこともあったという。

賢治が2年に進級した時、後に心の友となる保阪嘉内《かない》が入学する。石川啄木にあこがれ、短歌で日記を付けていた保阪は演劇にも明るく、寮の懇親会で「人間のもだえ」という脚本を書き、演出。保阪は全能の神アグニ、賢治は全智の神ダークネスを演じた。

保阪との交流で作品を発表する楽しさに目覚めた賢治は、保阪や河本義行（鳥取県）、小菅健吉（栃木県）ら12人で文芸同好会「アザリア」を結成し会誌を発行した。

　同誌は、学校が保阪を退学処分としたことで6号で終刊。退学の理由は、保阪の文章の一節「帝室をくつがえす」が危険視されたともされる。しかし、賢治と保阪、河本、小菅の絆は強く、卒業後も交流が続いた。

　「石っこ賢さんと盛岡高等農林～偉大な風景画家宮沢賢治」（地方公論社）を書いた元岩手大農学部教授井上克弘さん（故人）は、同書で「賢治という原石は関教授や級友による大きな感化によって研磨され、美しく輝く宝石になった。高農に入らなければ原石のまま埋もれていたかもしれない」と青春の出会いに思いをはせている。

高揚感胸に 20 キロ夜行　作品に見る賢治

帰りみち、ひでり雨が降りまたかゞやかに霽《は》れる。そのかゞやく雲の原／今日こそ飛んで
あの雲を踏め。
けれどもいつか私は道に置きすてられた荷馬車の上に洋傘を開いて立ってゐるのだ。

1917（大正6）年7月7日の夜、盛岡高等農林学校（現・岩手大農学部）の3年生だった宮沢賢治は、同校在学生の保阪嘉内（かない）、河本義行、小菅健吉と4人で盛岡から雫石の春木場まで約20キロを夜通し歩いた。

7日夜は4人が中心となって創刊した文芸同人誌「アザリア」の合評会で盛り上がり、この夜行はその勢いで敢行されたとされる。

引用した文章は、その道中の様子を書いた短編「秋田街道」の一部。盛岡市の賢治研究家岡沢敏男さん（88）は「『飛んであの雲を踏め』と気持ちが高揚する場面もあれば、傘を差して見えを切る歌舞伎の名場面にイメージを重ねたとも思える場面もある」と指摘。部分部分に凝縮したその時々の思いを読み解く面白さを語る。

第四章　識者に聞く

寺、商家の長男として大切に育てられ、青年期に文学に目覚めた石川啄木と宮沢賢治。二人はそれぞれどんな子ども、青春時代を過ごし、古里は作品世界にどのような影響を与えたのか―。石川啄木記念館館長の森義真さんと文芸評論家の吉見正信さんに聞いた。

三つの時期　古里意識　石川啄木記念館長・森義真さん

―寺の長男に生まれ育った啄木はどのような子どもだったか。

「父37歳、母40歳で生まれた初めての男の子。お姉さんが二人いたが、とてもかわいがられた。妹の光子と啄木が悪いことをしても、光子だけが怒られ、啄木は怒られなかったという。わがまま放題だった」

「頭がよくて村では『神童』と呼ばれていた。あだ名は、肌のきめが細かいことから『ふくべっこ（ひょうたん）』や、おでこが広いことから『でんびこ（おでこ）』。みんなからかわいがられた」

―啄木にとっての古里渋民はどのような存在か。

「啄木が古里を意識した三つの時期がある。①盛岡中学校（現盛岡一高）を退学し文学で身を立てようと上京したが挫折して帰ってきた1903（明治36）年2月〜04（同37年）10月、②06（同39）年3月から07（同40）年4月までの渋民尋常高等小学校の代用教員時代、③北海道から東京へ行った07（同40）年4月以降」

「①は、啄木が病気を癒やしながら、住んでいた宝徳寺や境内の林、寺堤などを散策しながら詩想を練っていた期間。②は、代用教員の傍ら宝徳寺を追われた父一禎の復帰運動をしていた。賛成派には好意をもって受け入れられた一方、反対派にはあざけられ、ののしられた。『ふるさと人《びと》』との交わりの修羅場とも言える。③は、二度と帰れない古里との自然を懐かしむしかなかった時期」

―作品や人格形成にどのような影響を与えたか。

「歌集『一握の砂』は現在と過去を織り交ぜた5章で構成している。その中で第2章「煙」の『一』は盛岡時代、『二』は渋民時代の回想。小説15編の中、半分以上の8編が古里を舞台にしている」

「詩情あふれる環境の中で詩想を練って読書し、豊富な語彙《ごい》を身に付けた。また、人との交わりにおけるさまざまな修羅場で葛藤を経験。都市生活の疲れをふるさとを思うことで癒やした」

―啄木の青春時代とは。

「文学、恋への芽生え、英語学習への思い、多くの友人を得たことなど、盛岡中学校時代には青春を謳歌《おうか》した。軍人志望が転換して文学へと傾倒していった」

―時代背景は。

「日清、日露戦争に象徴されるように、日本が軍国主義に歩み出した時代。また、鉄道をはじめ、急速に近代化に向かっていく時期でもあった」

―少年・青春時代、啄木は友人たちとどのように関わったか。

「盛岡中学校では短歌グループ『白羊会』や英語自主学習グループ『ユニオン会』の中で、啄木はリーダーシップを発揮していた。また、少年少女が遊びを通じて男女交際をしていた『新山《しんざん》グループ』で後の妻の節子と出会っている」

「啄木は多くの友人がいた。借金や不義理などを理由に離れていった友人も多いが、啄木を慕って懐かしむ友人も多かった」

―盛岡中学退学が啄木に与えた影響は。

「最も大きいのは学歴社会の中で落伍者《らくご》としてその後の人生を歩まなければならなかったこと。一方、退学して東京に行ったおかげで与謝野鉄幹、晶子夫妻と出会い交流できたというプラス面もある。ふるさとで詩想をめぐらせたことで、後に出版する詩集『あこがれ』にもつながった」

【もり・よしまさ】 1953年盛岡市生まれ。一橋大卒。石川啄木記念館館長、国際啄木学会理事、宮沢賢治学会イーハトーブセンター理事。主な著書に「啄木の親友 小林茂雄」「啄木 ふるさと人《びと》との交わり」など。62歳。

かるたで親しむ啄木　大会控え講座も開催

啄木祭実行委員会は毎年、「啄木かるた大会」を開いている。参加者の裾野を広げようと、2月20日の大会に先立ち2016年は「啄木かるた講座」を開催。参加者は楽しみながら啄木短歌に親しんだ。

啄木の日記にはしばしば歌留多《かるた》会へ行ったことが書かれている。渋民尋常高等小の教え子の「啄木はかるたが大好きで、暇さえあればかるたで遊んでいた」という談話も残っている。

講座は、盛岡市の渋民公民館と都南公民館で2日間にわたり開かれた。渋民公民館の回には小学生を中心に8人が参加。読み手が句を読むのに合わせて「はいっ」と言いながら、札を取って遊んだ。

好摩小6年の森アイム君は「初めて覚えた『ふるさとの山に向ひて／言ふことなし／ふるさとの山はありがたきかな』という歌が好き。これだけは取りたいと頑張った。子どもからも大人までみんなで遊べて、楽しいのに真剣になれるところがいい」と満喫していた。

渋民公民館で開かれた「啄木かるた講座」で啄木短歌に親しむ参加者＝盛岡市渋民

幼少期の体験随所に　文芸評論家・吉見正信さん

―商家の長男に生まれ育った賢治はどんな子どもだったか。

「何一つ不自由のない素封家の家で育ったといわれるが、謹厳質素な家風でしつけも厳しく、親類縁者から『賢さんはさっぱりわらし（子ども）らしくない』と言われるほど礼儀正しく律儀だった」

「川原で石探しに熱中し、独りでも遊べる性格だったが、仲間といる時は友達のけがを真っ先に手当てしたり、いじめを制止したりするなど優しく正義感の強い性格だったことを伝える逸話が多い」

―賢治をはぐくんだ古里花巻の風土とは。

「賢治の家は花巻川口町（現花巻市）で最も栄えたところ。馬市もあり、にぎわった。近くには鳥谷ケ崎神社のみこしが渡御する『お旅屋《たびや》』があり、花巻まつりの際は付近に夜店が並んだ」

「お旅屋と並んで賢治たちの格好な遊び場だったのが松庵寺。門前には20数基もの餓死供養塔が密集していた。この寺は藩制時代、飢饉《ききん》の際には御助粥《おたすけがゆ》所となった。各地からたどり着いた人々を世話し、命の絶えた人を埋葬して弔った町の人々の善行を伝えていた」

—こうした風土や子ども時代の体験は作品にどう関わっているか。

「童話にはしばしば少年が登場し、賢治の幼少年期の体験や感性が反映されている。『雪渡り』には堅雪を踏んだ足の感触が、『祭の晩』にはお旅屋の祭りの風景が生かされている。飢饉を主題とする『グスコーブドリの伝記』には最後の食料を子どもたちに残し、森に消えた父母の墓標をブドリと妹ネリが建てて供養する場面があり、松庵寺の原風景が想起される」

—賢治にとっての青春期、また盛岡とは。

「家という桎梏《しっこく》から解放され〝一個の自分〟という自覚のもとに人格が形成されていく盛岡中学校（現盛岡一高）から、賢治固有の思想が形づくられていく盛岡高等農林学校（現岩手大農学部）時代までの約10年であると思われる。賢治が過ごした盛岡は〝出遊の地〟であり、学業成就、文学への開眼、初恋の地でもあった」

—賢治固有の思想とはどんなものか。

「受験勉強中に出合った島地大等編『漢和対照妙法蓮華経』の感動は、宇宙、世界という広大な空間の中で自然や科学を認識する思索や感性の成長を促した。高等農林学校時代の短歌には地質学、化学などの専門用語や仏教用語に由来する賢治独特の語彙が出そろい、賢治の思想や文学の心象詩景が徐々に形成されていく過程がはっきり見えてきている」

―賢治の青春期はどんな時代だったか。

「中学校を卒業し、初恋に悩んでいた1914（大正3）年夏には第1次世界大戦が始まり、18（同7）年にはロシア革命への干渉として日本もシベリアに出兵し、当時の青年たちに衝撃を与えた。このころ賢治が作った散文『復活の前』に見られる戦争認識は後の童話『烏《からす》の北斗七星』にも反映されている」

―少年から青年へと成長していく過程での賢治の魅力とは。

「青年期は、農業にとって過酷な気象や劣悪な土壌を科学の力で変えていきたいという決意に至る伏線となっていて興味深い。その時々の賢治がどんな思いを抱いていたか探ることが、作品の真価を問う上で重要だ」

【よしみ・まさのぶ】　1928年東京都杉並区生まれ。大東文化学院（現・大東文化大）中国文学科卒。雑誌記者を経て51年から本県で高校教諭として勤務。いわて教育文化研究所顧問。第25回宮沢賢治賞受賞。87歳。

青春模様　漫画で紹介　京都の大学職員遥峰さん

京都市内の芸術系大学職員遥峰《ようほ》さんは、漫画による小冊子「アザリアの咲いた本〜宮澤賢治と学友達の愉快な青春模様」を作製した。若い世代の賢治ファンの心をつかんでいる。

盛岡高等農林学校（現岩手大農学部）を舞台に活動した文芸サークル「アザリア」で中心的存在だった賢治、保阪嘉内《かない》（山梨県出身）、河本義行（鳥取県出身）、小菅健吉（栃木県出身）の4人のほか8人の計12人の同人をキャラクター化。それぞれの青春模様を四コマ漫画で紹介している。

若干デフォルメした部分はあるが、内容は研究書や証言、書簡にほぼ忠実。賢治と保阪だけでなく、渡米した小菅、鳥取に戻った河本など他のメンバーの賢治や保阪、アザリアへの思い、その後などを知ることができる。

遥峰さんは「アザリア同人の個性的な人物像やその後の歩みはほとんど知られていない。賢治周辺の一ジャンルにとどまらず、あの時代を駆け抜けた青年たちの群像として見直されてほしい」と願う。

第五章　友㊤

短い生涯を駆け抜け、多くの人の心を動かす作品を残した石川啄木と宮沢賢治。啄木は、その才能と人間的な魅力に支援を惜しまなかった金田一京助ら庇護者に恵まれ、賢治は保阪嘉内《かない》をはじめ自分の信仰や価値観を理解してくれる同志を求め続けた。友情は、それぞれの人生において、時に光となり、時に影を落とした。

金田一京助　歌集に支援への感謝　啄木

啄木は26年の生涯で数多くの友人をつくり交流した。借金や不義理を理由に絶交した人もいたが、死ぬまで啄木を物心両面で支えていたのが同郷の親友、金田一京助だ。

出会いは、啄木が1895（明治28）年4月、盛岡高等小学校（現下橋中）に入学した時。盛岡中学校（現盛岡一高）時代には、京助が持っていた文芸誌「明星」が文学へ傾倒するきっかけとなった。

渋民尋常高等小学校の代用教員を辞め北海道を漂泊した後、1908（同41）年4月に上京。5月から京助が暮らしていた本郷区菊坂町（現文京区本郷）の赤心館《せきしんかん》に下宿する。

小説を書き文学で身を立てようとしたが、収入もなく借金は増えていく。金が工面できず自殺しようと決心したが、京助が肩代わりしてくれたことで命を助けられたこともあった。

この頃、京助が盛岡中学時代の文学仲間で共通の友人である瀬川深《ふかし》へ宛てて書いた長い手紙には、二人の日々の暮らしや共通の友人の話題など、さまざまな事がつづってある。

「毎日顔を見合せては　たあいもない事云ったり考へたりして笑って居ます　それでも時々は憫《あわれみ》っぽい事が口に出て　アハハと笑ひながら涙がとめどもなく出る事があります」と明かしている。

9月には、宿代が払えない啄木のために京助は文学書など荷車2台分の本を売って清算。二人で本郷区森川町（現文京区本郷）の蓋平館《がいへいかん》別荘へと移った。

その後、09（明治42）年6月に啄木の母と妻子が上京し、啄木は同区本郷弓町（現文京区本郷）の喜之床《きのとこ》へと引っ越す。しゅうとめとの不仲などから妻節子が娘京子を連れて家出した時には、「かかあに逃げられあんした」と京助に助けを求め、戻るよう手紙を書くことを頼んでいる。

金田一京助（左）と石川啄木＝1908（明治41）年10月4日撮影（資料提供・石川啄木記念館）

啄木は京助について日記に「かくも優しい情を持った人」などとする一方「めめしい男」などとつづることもあった。しかし、第一歌集「一握の砂」には京助への献辞を記した。京助への最大限の感謝の気持ちの表れと言えよう。

12（同45）年4月13日、節子から呼び出された京助は、病床の啄木のもとに駆け付ける。啄木は京助に「頼む！」と言ったという。

その後、持ち直したと思い仕事へ向かった京助は、臨終に立ち会うことはできなかった。

京助の孫で日本語学者の金田一秀穂さん（62）＝杏林大外国語学部教授＝は「啄木が京助に迷惑をかけたというのが通説だが、誰かに頼りにされることを喜ぶような人だった京助は、啄木が弟のように慕ってきたことがうれしかったのだろう」とみる。

その上で「啄木の才能を目の当たりにすることで、京助は文学をやめ、アイヌ語研究へと進んでいった。『情けは人のためならず』と言うが、啄木に情けをかけることで京助が力をもらっていたのだろう」と思いをはせる。

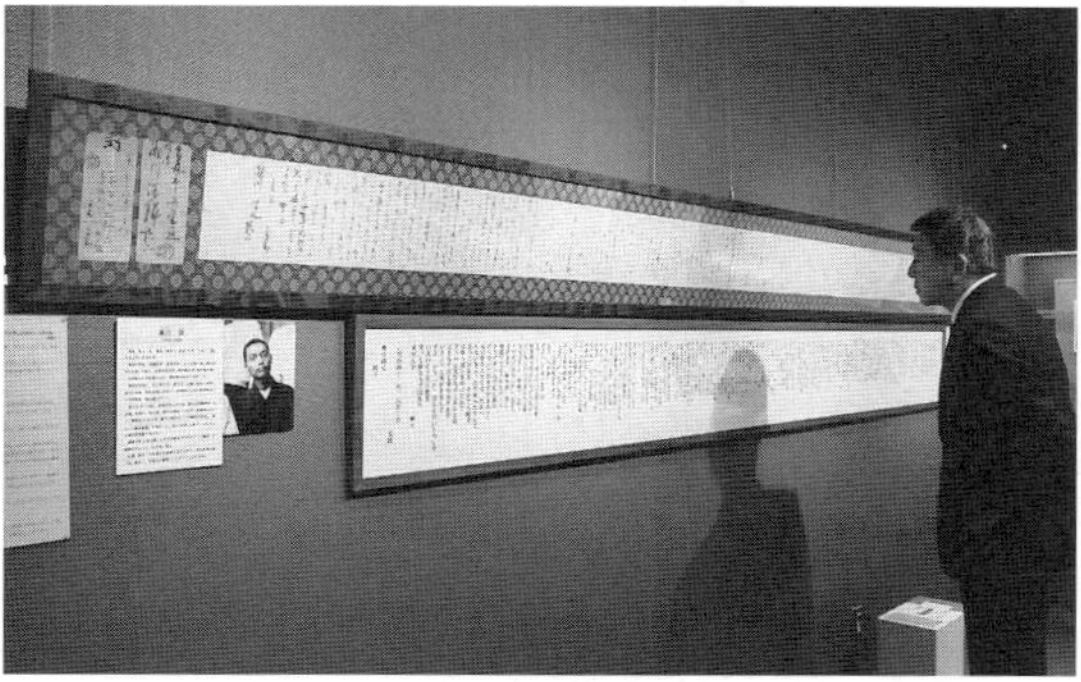

盛岡てがみ館に常設展示されている金田一京助の手紙。啄木との暮らしや共通の友人のことなど、さまざまなことが生き生きとつづられている＝盛岡市中ノ橋通１丁目

怒らせた秘密の暴露　作品に見る啄木

尾形は明けて二十八の文学士、交友の間には陰口一つ叩くものなく、優しい人で名が通つてゐる。（中略）友人の十が八までは髯《ひげ》を立てたのを見て、近頃売薬の毛生薬を密平《こっそり》買つて来て、朝晩怠らずに塗《つ》けてゐる。

啄木が金田一京助をモデルとして書いた小説断片「束縛」の一節。1909（明治42）年1月、2人が蓋平館別荘で同宿生活を送っていた頃に書かれた。

京助は、内緒にしていた毛生薬をつけていたことを暴露した内容だったことだったことから「読み終えて、一生に恐らく唯一度、石川君に真っ赤に怒った」（「新編　石川啄木」）と振り返っている。

「束縛」と感じた京助との友情を清算しようとした啄木だったが、その様子に頭をかきながら笑い、2人の仲は元通りになったという。

その日の啄木の日記には「金田一と予との関係を、最も冷やかに、最も鋭利に書かうとした。そして、予は、今夜初めて真の作家の苦痛―真実を告白することの苦痛を知つた」とある。

保阪嘉内　理想共鳴　銀河の誓い　賢治

幅広い交友関係があった賢治に、特に大きな影響を与えた一人が盛岡高等農林学校（現岩手大農学部）で出会った保阪嘉内だ。

嘉内は賢治に1年遅れて同校に入学する。生まれたのは同じ1896（明治29）年。山梨県北巨摩《きたこま》郡駒井村（現韮崎《にらさき》市）の地主の長男で郡役所に勤めた父とは逆に、農作業が好きで小作人を手伝い、土付き野菜を喜んでかじる子どもだった。

甲府中学校（現甲府一高）時代は校内の弁論会に所属し「花園農村」「農業芸術論」などのテーマで自身の理想の農村像を論じた。

盛岡高農の寮で賢治と同じ部屋を割り当てられた嘉内は「トルストイを読んで百姓の仕事の崇高さを知り、それに浸ろうと思った」と自己紹介し、賢治は「トルストイに打ち込んで進学したのは珍しい」と評したという。

文学や宗教、哲学、科学、登山など共通の話題が多い2人は意気投合。17（大正6）年7月には小菅健吉と河本義行らも加わり、文芸同人誌「アザリア」を創刊する。同月の合評会の後、

1916年春から初夏ごろ、盛岡高等農林学校の寮友たちと撮影した写真。後列左から2番目が宮沢賢治で、右端が保阪嘉内（資料提供・保阪嘉内・宮沢賢治アザリア記念会）

高揚感から、盛岡から雫石の春木場まで夜通し歩き通したこともあった。

2人はその1週間後、岩手山に登った。賢治が後年、嘉内に宛てた手紙によると、2人は岩手山で銀河を眺めながら何かを誓い合ったらしい。2人の「誓い」とは一体どんなものだったのか。

「心友宮沢賢治と保阪嘉内〜花園農村の理想をかかげて」（山梨ふるさと文庫）を執筆したさいたま文学館（埼玉県桶川市）の学芸員大明敦《だいみょうあつし》さん（56）は「書簡や作品から推測するしかないが、おそらく『誰もが幸せに暮らせる世界をつくろう』といったことだろう」と推察する。

「このころ賢治が描いた理想郷は法華経と科学を手掛かりとする漠然としたもの。嘉内は農学を修めて村長となり、模範農村をつくると具体的だった。賢治が尊敬した嘉内は、心の根底で共鳴できる相手だった」と語る。

18（同7）年3月、嘉内は「アザリア」5号に発表した断想「社会と自分」が学校側に危険視され、除籍処分となって盛岡を去る。

賢治は研究生として2年間学校に残った後、家業の質・古着商を手伝う中で国柱会に入会。嘉内にも「一諸に正しい日蓮門下にならうではありませんか（中略）我を棄てるな」と入信を迫った。21（同10）年1月、賢治は家族に無断で上京、7月に嘉内と面会した。嘉内の日記は「宮沢賢治面会来」とだけあり、斜線が引かれていることなどから、2人はこの時決別したといわれる。

しかし、嘉内の次男庸夫《つねお》さん（88）によると、その後も手紙をやりとりし、嘉内は地元の青年訓練所で賢治の実践を講話し、病床の長男に「グスコーブドリの伝記」を読み聞かせていた。

嘉内の孫の新村《にいむら》美佳さん（52）は「賢治も嘉内もそれぞれ農学校教諭、新聞記者と収入の安定した生活に安住する選択もあったが、共に農村改善の道を模索した。2人の心に『銀河の誓い』は終生生き続けただろう」と思いをはせる。

伝え聞いた風景描写　作品に見る賢治

「甲州ではじめた時なんかね。はじめ僕が八ヶ岳の麓《ふもと》の野原でやすんでたらう。曇った日でねえ、すると向ふの低い野原だけ不思議に一日、日が照ってね、ちらちらかげろふが上ってゐたんだ」

賢治童話の代表作の一つ「風の又三郎」の初期形「風野又三郎」の一場面。風の精である又三郎が子どもたちに「サイクルホール」（低気圧と思われる賢治の造語）を説明するところで、八ケ岳や富士川の流れなど保阪嘉内が生まれ育った山梨の風景が描かれている。

嘉内が好んで登った八ケ岳には古くから風の神が住むという信仰があり、その神の名は〝風の三郎〟という。その麓にある北杜《ほくと》市には昔から「風の三郎社」と呼ばれる小さな祠《ほこら》がまつられ、嘉内もスケッチを残している。

原子朗著「定本宮澤賢治語彙辞典」（筑摩書房）によると、「風の三郎」伝承は新潟から東北にかけてあるとされる。

嘉内の次男庸夫さんは「『風野又三郎』に書かれた甲州の風景は、嘉内が賢治に語り聞かせたものに違いない」と指摘する。

第六章　友㊦

石川啄木と宮沢賢治は、親しい友人たちとの交わりの中で、文学的に成長していく。啄木は、宮崎郁雨《いくう》（本名・大四郎）による一家への経済的支援を受け、文学のひのき舞台である東京へと赴く。賢治は、早世した藤原健次郎との思い出を作品に込め、才能を認め合う藤原嘉藤治《かとうじ》とは、音楽などを通じ互いに高め合う。

宮崎郁雨　経済援助、上京後押し　啄木

金田一京助と並び、啄木の第一歌集「一握の砂」に献辞が記されていた人物が、郁雨。啄木の家族の生活をも支えた最大の支援者だった。

啄木が渋民尋常高等小学校の代用教員を辞めて文学結社、苜蓿社《ぼくしゅくしゃ》を頼って函館へと渡った1907（明治40）年5月、二人は出会った。

啄木は、苜蓿社の同人たちと文学論や恋愛論を交わし、友情を築いていった。同人の一人だっ

た郁雨とは7月ごろから、特に親しさを増し、それと同時に金銭的な援助も受け始める。

後に「死ぬ時は函館で死にたい」と手紙に書くほど気に入っていたものの、大火により4カ月余りで、この港町を離れることになった啄木。札幌、小樽、釧路と漂泊の旅を続ける。

その間、郁雨へ数多くの手紙を送っている。中

啄木（左下）と宮崎郁雨（丸の左端）ら苜蓿社同人＝1907（明治40）年夏撮影（資料提供・石川啄木記念館）

でも釧路から送った6・29メートルという長さの手紙には、日々の生活から宇宙論に及ぶまで、さまざまな内容がつづられている。

直筆資料展で4月までこの手紙を展示している函館市文学館の藤井良江館長（64）は「心を開き、自分のありったけの思いを伝えようとする啄木の姿が伝わってくる」と読み取る。

釧路の新聞社を辞め函館に戻った啄木は08（同41）年4月、郁雨の勧めで上京する。妻子と母は函館に残し、郁雨に託した。郁雨は翌年、啄木の妻節子の妹ふき子と結婚。二人の仲は、親友から義兄弟へとさらに深まった。

啄木は10（明治43）年12月に「一握の砂」を出版すると、京助と郁雨の名前を挙げ「この集を両君に捧ぐ」などと記した。これに応えるように郁雨は間を置かずに、函館日日新聞に45回にわたり「歌集『一握の砂』を読む」と題して書評を連載した。

その後2人は、郁雨が啄木の妻節子に宛てた手紙が原因で関係を絶つこととなるが、郁雨は函館に啄木の墓を建てるなど、その死後も一家に尽くした。

函館市の近代文学研究家桜井健治さん（68）は「郁雨は社会貢献の精神に富んでいた人なので、石川家を精神的、経済的に支え、大黒柱の役割を果たそうと思ったのではないか。郁雨の援助

啄木の居住地跡で「啄木は 132 日間しか函館にいなかったが、函館を代表する文学者となっている」と語る桜井健治さん＝函館市青柳町

によって、文学のひのき舞台である東京へ行くことがなかったら、啄木は地方の一詩人で終わり、後世に残らなかったかもしれない」と存在の大きさを強調する。

借金や不義理で多くの友人に迷惑を掛けた啄木だが、盛岡中学校時代に文学活動をともにした後輩の瀬川深《ふかし》や小林茂雄らと、その後も交流が続いたのは、それだけ魅力的な人物だったからだろう。晩年には歌人の土岐哀果（本名・善麿）や若山牧水らとも親しくし、牧水は啄木の臨終にも立ち会った。

深い友情がにじむ歌　作品に見る啄木

演習のひまにわざわざ
汽車に乗りて
訪ひ来し友とのめる酒かな

「一握の砂」の「忘れがたき人人　一」の一首。1907（明治40）年10月、旭川の連隊で見習い士官だった宮崎郁雨が江別まで機動演習で来た際、小樽にいた啄木を訪ねてきたときの喜びを表現している。

同日の啄木の日記には「再逢の喜び言葉に尽く、ビールを飲みて共に眠る。我が兄弟よ、と予は呼びぬ」とある。

続く「大川の水の面を見るごとに／郁雨よ／君のなやみを思ふ」「智慧とその深き慈悲とを／もちあぐみ／為すこともなく友は遊べり」とともに、郁雨への思いを歌にしている。

桜井健治さんは「歌を見ても、2人が深い友情で結ばれていたことがうかがえる。宮崎郁雨の歌集も三行書きで書かれており、啄木の歌をモデルにしていたことが分かる。郁雨は文学者としての啄木に憧憬《しょうけい》の念を抱いていたのではないか」と思いを巡らせる。

藤原健次郎、藤原嘉藤治　思い出、交流を作品に　賢治

宮沢賢治と深く交流した友人には、盛岡中学校（現盛岡一高）の寄宿舎で同室だった藤原健次郎や、賢治の才能をいち早く認め良き理解者となった藤原嘉藤治がいる。

健次郎は賢治の一つ先輩で、1年生の仕事だったランプ掃除を手ほどきする中で親しくなったようだ。週末、紫波郡不動村（現矢巾町）の実家に賢治を泊め、南昌山周辺に白い「のろぎ石」や水晶を拾いに行った。賢治はその時のことを「のろぎ山のろぎをとりに行かずやとまたもその子にさそはれにけり」などの短歌に詠んでいる。

同校野球部だった健次郎は1910（明治43）年夏の秋田遠征後、腸チフスで急逝する。遠征の帰路、大雨の中をずぶぬれになりながら徒歩で移動した。健次郎は進んで人一倍重い荷物を背負い、

藤原健次郎（資料提供・松本隆さん）

この時の疲労が死の原因の一つともされる。

　賢治はこの夏、大沢温泉（花巻市）でのいたずらや、成績不振、教師の悪口などを赤裸々に書いた手紙を健次郎に出していた。矢巾町宮沢賢治を語る会の松本隆会長（84）はこの手紙について「絶対口外しないという信頼感の下に書いている。寝食を共にし、性格を知り尽くした健次郎は包容力のある頼れる兄貴分だった。健次郎が死んだと知った時、賢治は号泣しただろう」と思いをはせる。

　健次郎の死を賢治がどう受け止めたかという証言や自身の言葉は残されていない。しかし、健次郎への思いや思い出をほうふつさせる童話として、松本さんは「鳥をとるやなぎ」「谷」「二

花巻高等女学校に赴任後、念願の花巻クヮルテットを結成し、チェロを担当した藤原嘉藤治（右から２番目）＝資料提供・藤原艶子さん

人の役人」「銀河鉄道の夜」を挙げる。

賢治が嘉藤治と最初に会ったのは21（大正10）年の秋だった。花巻高等女学校（現花巻南高）の音楽教諭として赴任してきた嘉藤治を突然訪問。自作の詩や童話を朗読し、批評を求めた。

嘉藤治は詩人としても知られていたが「その時の僕には只驚異の感に圧せられて何とも批評出来なかった」

「セロを弾く賢治と嘉藤治」（洋々社）の著者でリードオルガン研究家佐藤泰平さん（80）は「一種の他流試合。いたずら好きな賢治のこと、難解な作品を選んだのではないか」と笑う。

以来、賢治はドイツ語を、嘉藤治は音楽、特に楽典について交換教授。2人でレコードコンサートを開くなど親密さを増していく。嘉藤治は賢治の死後、その精神を受け継ぐ開拓農家となり、全集出版にも尽力した。

佐藤さんは「既に童話の中に音楽を大胆に取り入れていた賢治は、自分の感性と呼応できる友人を切実に求めていた。嘉藤治は第三者的な立場から、賢治の稀有《けう》な才能を正しく認めた最初の人」と評価する。

勤務先に響いた音楽　作品に見る賢治

塀のかなたに嘉莵治《かとじ》かも、ピアノぽろろと弾きたれば、／一、あかきひのきのさなかより、春のはむしらをどりいづ。（略）あはれつたなきソプラノは、ゆふべの雲にうちふるひ、／灰まきびとはひらめきて、桐のはたけを出できたる。

文語詩稿一百篇〈塀のかなたに嘉莵治かも〉より。藤原嘉藤治《かとうじ》の名を「嘉莵治」としたのは、本名の音が「下等児」を思わせるからか、賢治の命名による（筑摩書房「校本宮澤賢治全集」）という。

賢治が教員を務めた移転前の稗貫農学校（花巻農学校、現花巻農高）と、当時の花巻高等女学校は隣接し、音楽室は塀一つ隔てたほどの近さだった。

農学校の生徒たちが灰をまく作業中に、女学校の音楽室から嘉藤治のピアノ伴奏と、女学生の歌声が響いてくる、そんな夕べの情景が詠まれている。

佐藤泰平さんによると、嘉藤治は自身が宿直の晩、チェロやバイオリン、時にはベビーオルガンを学校前に運び出し、星空の下で賢治と楽しんだという。

第七章　恩　師

独自の文学世界を築いた石川啄木と宮沢賢治。若き日の2人には、勉学と私生活の両面で見守り導いてくれた師の存在は大きいものだった。啄木には、盛岡中学校（現盛岡一高）時代に親しく交わった教師や、作品発表の機会を与えてくれた恩師がいた。賢治は、作文教育に熱心でその文才を刺激した小学校の代用教員や、後年の農村活動の基礎を培った盛岡高等農林学校（現岩手大農学部）教授との出会いがあった。

富田小一郎、新渡戸仙岳　生涯を見守る教育者　啄木

啄木の人生に大きな影響を与えた師の一人が、盛岡中学校1～3年次の担任だった富田小一郎。富田は米内光政や板垣征四郎らを教えた教育者としてもよく知られる。後に私立盛岡商業学校（現盛岡商業高）や私立盛岡実践女学校（現盛岡市立高）校長などを歴任した。

啄木は3年次の1900（明治33）年7月、阿部修一郎、伊東圭一郎、船越金五郎ら同級生

修学旅行先の釜石で撮影された写真。中央の列真ん中に富田小一郎、同列右端に啄木がいる＝1900（明治33）年撮影（資料提供・石川啄木記念館）

7人と引率の富田ともに陸前高田や大船渡方面へ修学旅行に行く。「丁二会旅行」と銘打ち行われた旅行は盛岡を出発し、汽車で水沢へ到着。そこから徒歩で一関を経て陸前高田、釜石などを回った。

旅行中、啄木は富田の一挙手一投足をまねてからかったが、富田は怒らなかったという。初めてビールを飲んだのもこの時で、富田が勧めた（当時、未成年の飲酒は法律で禁止されていなかった）。

啄木は09（同42）年、東京から岩手日報に寄稿した「百回通信」の中で「富田先生が事」として、授業を抜け出したこと、連日叱られたことなどを挙げ、当時を懐かしんでいる。文学や恋愛にのめり込んだ多感な盛岡中学時代の「よく叱る師」として、富田は特別な存在だったのだろう。

啄木が生涯の師として尊敬した新渡戸仙岳＝撮影時期不明（資料提供・盛岡市先人記念館）

その百回通信の掲載のきっかけをつくったのは、当時岩手日報の客員だった新渡戸仙岳。仙岳と啄木の出会いは1895（同28）年、啄木が盛岡高等小学校（現下橋中）に入学した時にさかのぼる。当時仙岳は校長を務めていた。

二人の仲が深まるのは1905（同38）年、啄木が東京で第一詩集「あこがれ」を出版した後に、盛岡で文芸雑誌「小天地」をつくった時のこと。啄木の依頼にこたえ、仙岳は俳句論を寄稿した。

また、09（同42）年10月、しゅうとめとの不仲などから啄木の妻節子が娘京子を連れて家出した時に、親友の金田一京助とともに手紙を出して詳しい事情を打ち明けたのが仙岳だった。「昼は物食はで飢を覚えず、夜は寝られぬ苦しさに飲みならはぬ酒飲み候」「若し帰らぬと言つたら私は盛岡に行つて殺さんとまで思ひ候ひき」などと、妻子に出て行かれたつらい胸のうちを明かし「若し道にてなど荊妻《けいさい》にお逢ひなさる様の事の候はゞ、よく〳〵右の私の心お説き聞け被下、一日も早く帰つてくるやう御命じ被下度伏して願上げ奉り候」と頼んでいる。

この手紙を受け取った仙岳は、何度か節子の実家に足を運び説得。同月末に節子と京子は帰ってくる。

啄木が亡くなって3日後、生涯の師である仙岳は、岩手日報に追悼文を書いている。

国際啄木学会盛岡支部長の小林芳弘さん（70）は「二人は明治期の岩手を代表する研究者、教育者であり、本当の知識人、人格者だった。啄木は盛岡高等小学校時代から最高の恩師に恵まれていた」と豊かな巡り合わせについて指摘する。

親しみと尊敬にじむ　作品に見る啄木

よく叱る師ありき
髯の似たるより山羊と名づけて
口真似もしき

「一握の砂」に収められているこの歌は、富田小一郎を詠った。「百回通信」の「富田先生が事」で、啄木は「丁二会旅行」についても振り返り「途上、先生の面前に先生の口吻を倣《ま》ねて恬《てん》として恥ぢざりし者は乃ち小生なりき。先生呆れて物言はず」と書いている。

そんな先生が笑ったのが食事の時。「宿に着けば四尺五寸の矮身《わいしん》にして飯を食ふ事時に十一碗に及ぶ。先生遂に笑ふ」という文章に厳しくも温かい師への親しみが感じられる。

もう一人の恩師、新渡戸仙岳は盛岡の描写が美しい小説「葬列」の中で「馬町の先生」として登場。「此地方で一番有名な学者で、俳人で、能書家で、特に地方の史料に就いては、極めて該博《がいはく》精確な研究を積んで居る、自分の旧師である」との一節から仙岳への尊敬の念がうかがわれる。

八木英三、関　豊太郎　童話と農学　素地育む　賢治

童話作家賢治の素地を育んだ教育者として、花巻川口尋常高等小学校（後に花城尋常高等小学校と改称、現花巻小）の3、4年時の担任八木英三（1887〜1957年）の名が挙げられる。八木は盛岡中学校を中退し、1905（明治38）年に同小代用教員となった。教室では元気盛りの児童たちに童話を読み聞かせ心をつかんだ。特に「家なき子」（エクトール・マロ原作）を翻案した「未《ま》だ見ぬ親」は子どもたちに大きな感動を与えたという。

八木　英三（宮沢賢治イーハトーブ館発行の宮沢賢治生誕百年記念特別企画展図録「拡がりゆく賢治宇宙〜19世紀から21世紀へ」より）

八木はまた、児童に週3回作文を書かせた。賢治はこの時、書く楽しさにも目覚めたようだ。四季の眺めをうたった七五調の長詩は、八木に賢治の詩才を強く印象付けている。

賢治が4年生の時、八木は早稲田大への進学が決まった。別れの記念に「立志」という題で将来

の希望を書かせたところ、賢治は「お父サンの後をついで、立ぱな質屋の商人となります」と書いた。

詩集「春と修羅」を出版して間もなくのこと、汽車の中で偶然八木と会った賢治はこう感謝したという。

「私の童話や童謡の思想の根幹は尋常科の三年と四年ごろに出来たものです（略）今書くのもみんなその夢の世界を再現してゐるだけです」（「宮沢賢治研究」第5・6合併号　八木英三「宮沢賢治に聞いた事」）

盛岡高等農林学校在籍時の関豊太郎（資料提供・岩手大農学部附属農業教育資料館）

賢治の後半生に大きな影響を与えたのは、盛岡高等農林学校の恩師関豊太郎教授（1868～1955）だ。
関は東北大凶作だった05年、同校に着任。ヤマセや潮流と冷害の関係を解明し、ドイツ、フランスにも留学。帰国後、同校農学科第2部長となる。

賢治の才能と人格を高く評価し、得業（卒業）論文の指導や、土性・地質調査の際の身分保証、助教授への推薦など親身になって世話をした。短気ですぐ怒鳴る性格などから「グスコーブドリの伝記」のクーボー大博士のモデルともいわれる。

賢治の在学中に火山灰土壌研究で農学博士となった関は、本県の酸性土壌の改良に石灰岩の利用が有効であると強く提唱した。賢治が研究生として関教授らと行った稗貫郡土性調査は、その後の稗貫農学校（後に花巻農学校、現花巻農高）での土壌教育や、羅須地人協会設立後の施肥指導などの基礎となった。

関は20（大正9）年に東京西ケ原の国立農事試験場に移る。賢治は31（昭和6）年、石灰岩の粉末を製造販売する東北砕石工場の技師を引き受けるべきか否かを手紙で相談。関は「小生の宿年の希望が実現しかゝったのを喜びます」と励ました。

盛岡市上田の岩手大農学部附属農業教育資料館（旧盛岡高等農林学校本館）研究員で同大名誉教授の若尾紀夫さん（75）は「関教授は机上の研究者ではなく、当時の農業改善を目的とする実践的、行動的な研究者だった。一途な性格など賢治と共通する面があり、波長が合ったのだろう」と語る。

作品に見る賢治　教授に重ね　どなる姿

「今日はあ。」ブドリはあらん限り高く叫びました。するとすぐ頭の上の二階の窓から、大きな灰いろの頭が出て、めがねが二つぎらりと光りました。それから、「今授業中だよ。やかましいやつだ。用があるならはいつて来い。」とどなりつけて、すぐ顔を引つ込めますと、中では大勢でどつと笑ひ、その人は構はずまた何か大声でしゃべつてゐます。

童話「グスコーブドリの伝記」の主人公ブドリが初めてクーボー大博士と会う印象的な場面。大きな櫓《やぐら》の形の模型をあちこち指さしながら「歴史の歴史」について講義するクーボー大博士の姿は、眼鏡をかけた鋭い目つきで誰彼なく雷を落としたという関豊太郎教授の姿をほうふつさせる。

岩手大の農業教育資料館には、関教授が賢治在学中に購入した火山の立体模型がある。

同大宮澤賢治センター代表の山本昭彦人文社会科学部教授(59)は「賢治もこの模型に触れ、作品を構想したのかもしれない」と想像する。

第八章　両　親

石川啄木は両親の愛情を一身に受けて伸び伸びと育つが、父が寺の住職を罷免されたことで生活が一変する。宮沢賢治は職業や信仰をめぐり、自分と考えの異なる父と激しく対立するものの、両親は常に賢治を支えた。両親との関係は、2人の人生や文学に大きな影響を与えた。

住職罷免で一家暗転　啄木

啄木の父一禎《いってい》は、岩手郡平舘村（現八幡平市）の農家の5男として生まれたが、5歳で同村の曹洞宗大泉院に預けられ、そこで得度した。一禎は、歌人でもあった同寺院の17世住職、葛原対月《かつらはらたいげつ》から和歌の指導も受けた。

盛岡の龍谷寺に赴任した対月を慕い、一禎も付いていく。そこに家事手伝いで来ていたのが対月の妹の工藤カツ。2人は結ばれるが、僧籍にある者の慣習から入籍はしなかった。

25歳の一禎は1875（明治8）年2月、28歳のカツを伴って南岩手郡日戸村（現盛岡市日戸）

啄木の父一禎（左）と師匠の葛原対月＝1908（明治41）年撮影（資料提供・石川啄木記念館）

の常光寺住職となる。カツは長女サタ、次女トラに続き、86（同19）年に待望の男児である長男一《はじめ》（啄木）を出産した。

　翌年、一禎が隣の渋民村（現盛岡市渋民）の宝徳寺住職となり、一家は引っ越す。そこで啄木は伸び伸びと育った。啄木が6歳の時にカツは入籍、啄木も石川姓となった。

　1904（同37）年12月、一家の運命は暗転する。宗費を滞納したことから一禎が宝徳寺住職を罷免されたのだ。この事件が一家の暮らしを変え、啄木のその後の文学へも大きく影響する。

啄木は06（同39）年から渋民尋常高等小学校で代用教員をしながら父の住職復帰に奔走する。しかし、運動は実らず、学校へ辞表を提出。周りから慰留され校長には受理されなかったが、ストライキを起こして免職となった。07（同40）年5月、一家離散となり啄木は函館へ。北海道を漂泊した後に上京することとなる。

一禎は住職時代、焼け落ちた宝徳寺本堂を再建するなど尽力。良い声でお経を読み、穏やかな性格で檀家《だんか》からも慕われていたという。しかし罷免された後は働かず、一家の生活は啄木の肩にのしかかった。

啄木の父一禎と母カツが出会った龍谷寺。啄木は、一禎の師匠で母方の伯父であった葛原対月から和歌の手ほどきを受けたと言われている＝盛岡市名須川町

貧しさを極めた一家を思い、食いぶちを減らすために一禎はしばしば家出する。

一方、カツは啄木を溺愛し、行く先々へと付いていこうとする。カツは、亡くなる少し前の12（同45）年1月、肺結核であると診断された。同郷で啄木を校正係として入社させてくれた東京朝日新聞社編集長、佐藤北江（本名・真一）は体調が悪い啄木に再入院を勧めるが、啄木は死期が近い母を気遣い、手紙で断っている。

「この儘《まま》別れて入院する事はどうしても出来ません。出来るだけは慰めて薬や滋養をとらせたいと思つてゐます」という文面に、啄木の母への思いがにじむ。

母の死の約1カ月後に亡くなった啄木は臨終間際、一禎に向かい「すまないけれどもかせいで下さい」と言ったという。トラに引き取られていた一禎は27（昭和2）年、高知の地で亡くなった。

八幡平市の啄木ソムリエ山本玲子さん（58）は「啄木は父親のことを尊敬する一方、反面教師にしていた部分もあるのではないか」と啄木の心中を想像する。

母の茶断ちに深い愛　作品に見る啄木

よく怒《いか》る人にてありしわが父の
日ごろ怒らず
怒れと思ふ

茶まで断ちて、
わが平復を祈りたまふ
母の今日また何か怒れる。

これらは啄木が父母について詠んだ歌。「一握の砂」に収められている父の歌を、故岩城之徳さん（国際啄木学会初代会長）は「啄木歌集全歌評釈」で、「よく怒る人であった自分の父が、このごろは怒らなくなった。どうか以前のように、よく怒る元気な父であって欲しいと思うのである」と解説。

一方「悲しき玩具」にある母の歌については「茶だちまでして、私の病気の回復を神仏に祈ってくださる母が、今日はまたどうして怒っていられるのだろうか」としている。

山本玲子さんは「母カツにとって、お茶を飲む時間が一日の中で一番好きだった。子どものころから病気がちだった啄木の体を思い、大好きな茶をたったというところに、母親の啄木への深い愛が感じられる」と話す。

絶えず衝突も絆固く　賢治

「父よ父よなどて舎監の前にしてかのとき銀の時計を捲《ま》きし」

この短歌は、宮沢賢治が盛岡中学校（現盛岡一高）在学中、入学当時を振り返って創作したとされる。高価な銀時計を、寄宿舎舎監に誇示するような父政次郎の行為を賢治は責めている。

宮沢政次郎（資料提供・林風舎）

盛岡市の賢治研究家吉見正信さん（87）は「『父よ父よ』と真正面に父を見据えるこの目なくして、後に自分を厳しく問いただし〝本当の幸せ〟を求めた賢治の生涯はなかったろう」と考察する。

政次郎は小学校高等科を卒業後、質・古着の家業を手伝った。15、16歳で父の代理を務める器量があり、株式投資にも才を発揮。長男の賢治に跡取りとして大きな期待を寄せていたが、賢治の学業を生かした事業転換を視野に入れるなどの柔軟性も持っていたようだ。

宮沢　イチ（資料提供・林風舎）

事業家として手腕を振るう一方、浄土真宗の篤信家でもあった。花巻の知識人らとともに開いた夏期仏教講習会には小学生の賢治とトシも参加させた。

厳格な政次郎と対照的に、母イチは朗らかな性格で家族を和ませた。そのユーモアは賢治の内面や作品に大きな影響を与えたという指摘もある。資産家の娘だったが、宮沢家では夫、義父母、5人の子の世話に追われた。養蚕にも励み、繭や生糸を売って娘たちの着物をそろえたという。

親友の保阪嘉内《かない》への手紙で、賢治はイチについて「何から何までどこの母な人よりもよく私を育てゝ呉れました」と感謝。しかし自分は「かた意地な子供」で、妻を得て安心させることはできないとつづっている。

賢治にとって親孝行は、法華経を最上とする信仰に両親を導くことだった。父子が最も激しく対立したのは、賢治が日蓮宗系の在家仏教団体「国柱会」（東京）に入った1920（大正9）

年ごろとされる。

争論が連日繰り広げられた。ある晩、政次郎は家族に「聞いていてひどかった（つらかった）ろう。だが大事なことを言いあったので、喧嘩ではないのだからな」と涙を流した（『新校本宮澤賢治全集』）という。

賢治は亡くなる2年前の31（昭和6）年9月21日、東京で高熱に冒されながら父母に遺書を書いた。

「この一生の間どこのどんな子供も受けないやうな厚いご恩をいたゞきながら、いつも我慢でお心に背きたうたうこんなことになりました」

賢治は、職業や信仰をめぐり絶えず父と衝突しながら、信じる道を突き進もうとした。しかし、父母は決して見捨てることなく、困ったことがあると、常に手を差し伸べてくれる存在だった。

政次郎は後に賢治を「いつ天空へ飛び去ってしまうか分からない天馬」に例え「世間で天才だの何だのいわれているのに、うちの者までそんな気になったら増上慢の心はどこまで飛ぶかしれない。せめて自分だけでも手綱になっていなくてはいけないと思った」（『同』）と、親としての責任と愛情を持って接する態度を貫いた。

病床で悔いた親不孝　作品に見る賢治

われのみみちにたゞしきと、ちちのいかりをあざわらひ、／ははのなげきをさげすみて、
さこそは得つるやまひゆゑ、／こゑはむなしく息あえぎ、春は来れども日に三たび、／
あせうちながしのたうてば、すがたばかりは録されし、／下品ざんげのさまなせり。

文語詩稿 一百篇より〔われのみみちにたゞしきと〕

経典「往生礼讃偈《おうじょうらいさんげ》」では、ざんげの作法には上品《じょうぼん》、中品《ちゅうぼん》、下品《げぼん》がある。下品は「全身に熱を持ち、涙を流して、ざんげをするさま」という。

作品は、自分だけが正しい道を生きていると思い、父をあざ笑い、母をさげすんできた。今その報いで病となり、日に3度も汗を流し苦しんでいる。この様子は下品ざんげと同じだという内容だ。

盛岡市の「宮沢賢治の会」会長で賢治研究家の森三紗さん（72）は「自分の親不孝を嘆く後悔だけでなく、両親への深い感謝が感じられる」と鑑賞する。

第九章　きょうだい

ともに長男に生まれ、複数のきょうだいと育った石川啄木と宮沢賢治。2人とも二つ違いの妹光子、トシとの絆が強かった。光子は兄の精神風土を理解し、没後は人間啄木の探究を求めた。自分自身の信仰を追求し続けたトシは、賢治の信仰の在り方や生き方に大きな影響を与え、弟の清六さんは兄の作品発表に力を尽くした。

感情さらけ出せた妹　啄木

啄木には2人の姉と1人の妹がいた。中でも2歳下の妹光子（戸籍名ミツ）とは年が近いこともあり、関わりが深い。

光子は子どものころ、暴君のように振る舞う兄啄木にいじめられ「正直のところ、いばりちらす兄が嫌いであった」と振り返っている。

一方で啄木は青年期に、与謝野晶子の「みだれ髪」や「ハイネ詩集」をすすめ、文学の楽し

左から啄木の長姉サタと次姉トラ、妹光子、サタの長男＝明治 34 年撮影（資料提供・石川啄木記念館）

みを教えることもあった。盛岡女学校（現盛岡白百合学園高）への入学が決まった時には「これを読め」と旧新約聖書を渡し、後にキリスト教の伝道者として歩む光子へ、そのきっかけを与えた。

啄木は光子について「自分によく似た性格」と言った。それ故に、ぶつかり合うこともあった。

1909（明治42）年、東京の啄木の元へ光子から手紙が来た日の日記には「予と妹は小さい時から仲が悪かった。おそらくこの二人のくらい仲の悪い兄妹はどこにもあるまい」としながらも「予と共に、渋民を忘れ得ぬものはどこにあるか？広い世界に光子一人だ！今夜、予は妹―哀れなる妹を思うの情に堪えぬ。会いたい！会って兄らしい口を利いてやりたい！」と思いを吐き出している。

啄木の没後、光子は著書「兄啄木の思い出」を出版。啄木が晩年に夫婦関係に苦悩する姿も明らかにした。

「伝記のなかから兄啄木およびその周囲の人々を地上におろし、人間としての理解にたった新しい啄木観にもどってもらいたい」という思いからだったのだろう。研究者の誤りを強い調子で指摘するなど、行間には気の強い一面ものぞく。

10歳年上の長姉田村サタは、啄木と後の妻節子にとって、なくてはならない人だった。盛岡中学校（現盛岡一高）2年の終わりからサタの家に身を寄せていた啄木の恋を応援し、二人の結婚に反対する母を説得、節子の父にも掛け合った。

母のような愛情で見守り、啄木が「真実の親しみをもっていた」（「兄啄木の思い出」）姉は06（同39）年2月、5人の子どもを残し肺結核のために亡くなった。

義兄からの手紙でサタの死を知った啄木は、臨終の様子を想像して涙を流したことを日記につづっている。

　一方、啄木が光子に宛てた手紙で「馬鹿者だ」と書かれたのは次姉山本トラ。転勤で各地を転々とする姉夫婦を啄木は何度も訪ね、金銭的にも援助を受けた。しかし、借金がうまくいかないと、トラへのいら立ちを見せた。

　八幡平市の啄木ソムリエ山本玲子さん（58）は「啄木は、光子への手紙にだけは感情をあらわにしている。光子は自分をさらけ出せる存在だったのではないか」と二人の関係に思いを巡らせる。

豊かな自然に囲まれ、啄木と光子が育った宝徳寺＝盛岡市渋民

兄らしい思いやりも　作品に見る啄木

船に酔ひてやさしくなれる
いもうとの眼見ゆ
津軽の海を思へば

「一握の砂」のこの歌は1907（明治40）年5月、啄木が妹光子を連れて函館に渡った時のことを詠んでいる。

北海道の地へと踏み出した、忘れられない日。啄木は、その日の日記に「海峡に進み入れば、波立ち騒ぎて船客多く酔ひつ。光子もいたく青ざめて幾度となく嘔吐《おうと》を催しぬ」と記している。

また、後にもこの時のことを振り返り「津軽の海は荒れた。その時予は船に酔って青くなってる妹に清心丹などを飲まして、介抱してやった。—ああ！予がたった一人の妹に対して、兄らしいことをしたのは、おそらく、その時だけなのだ！」と書いている。

山本玲子さんは「盛岡女学校を中退し、初めて親と離れて暮らす光子は、不安な気持ちも大きかっただろう。そんな妹に対し、啄木は寂しいだろう、かわいそうだと同情し、寄り添っている」と解説する。

信仰や生き方に影響　賢治

1922（大正11）年11月27日、24歳の若さで永眠した妹トシは賢治の最大の理解者だったといわれる。賢治はトシと自分の関係を挽歌群の一つ「無声慟哭」の中で、「信仰を一つにするたつたひとりのみちづれのわたくし」と表現している。

この場合の「信仰」について、従来は「賢治の信仰」であり、「トシが道連れ」と解されることが多かった。しかし、ノートルダム清心女子大文学部（岡山市）の山根知子教授（51）は「『みちづれのわたくし』は『賢治』であり、『信仰』は『トシの信仰』と解すべきではないか」と指摘する。

宮沢トシ（資料提供・林風舎）

賢治と二つ違いのトシは、浄土真宗を熱心に信仰する家庭環境で、賢治に近い信仰心の素地をはぐくむ。やがて賢治は法華経と出合い、父と対立する。そんな兄を見ながらトシが自身の信仰について思索を深めていくのは、15（同4）年から4年間過ごした日本女子大学校時代だった。

同校創立者で当時校長だった成瀬仁蔵《じんぞう》（1858～1919年）は元キリスト教牧師だったが、一宗教に限定しない普遍的な宗教心を養う教育を実践。トシ在学中に来校したインドの詩人タゴール（1861～1941年）は宗教の枠を越え、宇宙の大いなる命に触れる大切さを説いた。

一方、賢治は既成の宗教や既成団体に帰属し、無二の親友である保阪嘉内《かない》に改宗を迫り反発を招き、教義優先の信仰に挫折する。

「この時初めて、賢治は保阪が拒絶した自分の信仰の在り方をなぜトシが受け入れてくれたのかを考え、広い宗教性に養われたトシの信仰の姿勢に学び、自らの信仰の道を広げていったのではないか」と山根教授は考察する。

トシの死後、賢治の信仰は「世界がぜんたい幸福」（「農民芸術概論綱要」）になることを目指し、より宇宙的な視野を持つものとなっていった。

仙台大演習に参加した弟清六さんを訪ねた際の記念写真。軍服姿が清六さんで、右が賢治（1925年10月下旬、資料提供・林風舎）

賢治にはトシのほかシゲさん、清六さん、クニさんの3人の弟妹がいた。

このうち8歳年下の清六さんは、盛岡中学校（現盛岡一高）進学と同時に盛岡高等農林学校（現岩手大農学部）在学中の賢治と盛岡市内に下宿。兄への敬愛を深めると同時に、宮沢家の長男として苦悩する兄の姿を間近で目にすることになる。

兄の思いを深く受け止めた清六さんは26（同15）年3月末に弘前歩兵連隊を除隊後、5月に宮沢商会を開業。実質的な跡取りとして従来の質・古着商から、建築材料などの卸小売業へと転換する。

賢治の臨終の際、膨大な作品を託された清六さんは1945年8月の花巻空襲の際、命懸けで原稿を守った。

一時期、清六さんの家に下宿した盛岡市の賢治研究家森三紗さん（72）は「清六さんは理系の人だったが芸術的にも優れた感性を持ち、賢治を深く理解できた。今日の全集に異稿が収められたのも、その価値を分かっていた清六さんの見識によるところが大きい」としのぶ。

死を迎える妹に誓う　作品に見る賢治

ああとし子／死ぬといふいまごろになつて／わたくしをいつしやうあかるくするために／こんなさつぱりした雪のひとわんを／おまへはわたくしにたのんだのだ／ありがたうわたくしのけなげないもうとよ／わたくしもまつすぐにすすんでいくから

賢治の妹トシが迎えた最期の日を詠んだ詩「永訣の朝」の一節。トシが、自分が死ぬという時にあって、自分の苦しみや死にばかり心を向けるのではなく、兄の心を明るくしようと思いやる姿が描かれている。

山根教授は「わたくしもまつすぐにすすんでいくから」という誓いの言葉に注目。「激しく動揺する賢治の目には、トシの死に向かう姿が、まことの信仰の道をまっすぐ勇気を持って進んでゆく姿として映っていたに違いない」と指摘する。

「それはその後の賢治の人生の姿そのものでもあり、賢治はそれをこのトシの最期の姿から引き継いだのではないか」と推察する。

第十章　女　性㊤

多くの女性がその生涯に登場する石川啄木は、妻節子と盛岡中学校（現盛岡一高）時代に知り合った。自らの結婚式を欠席されるなど、啄木に振り回されながらもいちずに支えた節子の存在は、彼女の家出が啄木の文学観を変えるまでになる。宮沢賢治は生涯独身だったが、短歌や詩、童話などに恋愛をモチーフにした多くの作品を残した。その中には、賢治の女性観が垣間見える。

文学観変えた妻節子　啄木

「吾れはあく迄愛の永遠性なると言ふ事を信じ度候」

これは、啄木が結婚式に来ないことから節子に同情し、別れを勧める啄木の友人に宛て、妻節子が書いた手紙の一文だ。

節子は女子の進学が珍しかった明治時代、盛岡女学校（現盛岡白百合学園高）に通っていた。

啄木と節子が新婚時代に暮らした部屋。新郎不在の結婚式もこの家で行われた
＝盛岡市中央通３丁目の「啄木新婚の家」

理想の人は「詩人」という節子と啄木の恋愛は13歳のころから始まった。2人は深い絆で結ばれ、ともにアメリカへ行くことを夢み、婚約にこぎ着ける。しかし、1905（明治38）年5月末、盛岡で行われた結婚式に、新郎啄木は現れなかった。

結婚式欠席は、前年に啄木の父一禎が宝徳寺の住職を罷免されていたことが関係する、と国際啄木学会理事の山下多恵子さん（63）は指摘する。

「啄木は、結婚式がこれからの厳しい人生の象徴のように思われ、向き合うことが怖かったのだろう。一方、啄木が天才だということを信じて節子は、たじろがなかったのではないか」と想像する。

啄木の女性・家庭観には近代的な面も見える。盛岡中学校を中退し上京したころの日記には「結婚は実に人間の航路に於ける唯一の連合艦隊也」と、旧来の夫婦像から踏み出した見方を示す。

　また、「釧路新聞」記者時代に女性について演説した内容を書いた「新時代の婦人」では「家庭（ホーム）てふ語は美しき語なり。然れども過去の婦人にとりて、此美しき語は、一面に於て体のよき座敷牢たるの観なきに非ざりき」とする。その上で、イプセンの戯曲「人形の家」の主人公ノラが自己の人格を認められなかったことから決然と家庭を捨てたことを「ノラは最も新時代的なる婦人なりしが故なり」とする。

　啄木は北海道を漂泊した後、文学で身を立てようと函館に家族を残して単身東京へと行った。翌09（同42）年6月、節子らは上京する。

　この頃、節子が妹へと送った手紙には「東京はまつたくいやだ（中略）お前は幸福な女だ！私は不幸な女だ！」と書かれており、苦悩がにじむ。そして啄木の母カツとの不仲や病苦などから、ついに節子は長女京子を連れて家出する。

　啄木が「我ならぬ我」、つまり「もう一人の自分」と呼んだ節子の家出は、啄木の文学観も大きく変える。節子が戻った後には、地に足を付けてしっかりと生活をした上で文学に取り組む姿勢を打ち出した。

苦労を掛け続けた節子に対し、啄木は死ぬ間際「お前には気の毒だった」と言ったという。

節子は、啄木の死後、生前焼却するように言われていた日記を残すことを決めた。啄木晩年の友人土岐哀果（本名・善麿）に頼まれて整理した遺稿を送った翌日に次女の房江を生んでいる。

啄木と節子の婚約時代の写真。妻節子は啄木の人生や文学に大きな影響を与えた＝1904（明治 37）年秋撮影（資料提供・石川啄木記念館）

山下さんは「節子は、啄木にとって書くことがどれほどの意味を持つものであったかを知っており、生きた記録を残したいという使命感を持っていたのだろう。啄木の人生と文学にとって、節子はなくてはならない人だった」と強調する。

文化へ関心　絆強める　作品に見る啄木

わが妻のむかしの願ひ
音楽のことにかかりき
今はうたはず

「一握の砂」のこの歌は、妻節子を歌ったもの。

若いころの節子は美しい声で歌い、バイオリンを弾いた。明治の盛岡では先進的な存在だったのだろう。一方の啄木は、盛岡中学で文学に熱中していた。

同じ夢を見て結婚した2人だが、やがて現実の生活に疲れ果て、気持ちもすれ違っていく。音楽に没頭していた妻節子の青春時代に対比した「今はうたはず」に、歌うことすらなくなっている節子の変わり果てた様子を表現している。

山下さんは「それぞれの学校や交友関係から得た音楽や文学への知識、関心が、恋愛時代の2人を結びつけていた。啄木の作品にはワーグナーやハイドンといった作曲家の名前も出てくる。西洋音楽との接点も節子だった」とその関係を示す。

その上で「この作品からは、文化的だった妻をこんな風にしたのは自分だ、という啄木の思いが伝わる」と読み解く。

ときめく恋心　題材に　賢治

十秒の碧きひかりの去りたれば
かなしく
われはまた窓に向く。

（歌稿B「大正三年四月」より）

1914（大正3）年4月、盛岡中学校（現盛岡一高）を卒業した賢治は鼻炎の手術のため、盛岡市の岩手病院（現岩手医大付属病院）に入院した。手術後発疹チフスが疑われ、付き添いの父政次郎も腹部の腫れ物で治療を受ける。同じ病院患者となり、自身の将来について父と「かなしきいさかひ」を繰り返す賢治は、一条の光を見いだしたかのように一人の看護師に恋する。彼女に脈を測られるたびに心をときめかせる初恋だった。

賢治と親しく交流した直木賞作家の森荘已池《そういち》さん（1907～99年）は、自著「宮沢賢治の肖像」（津軽書房）でこの恋を脈を取る時間から「十秒の恋」と命名している。

賢治が初恋の人に思いをはせた盛岡、紫波方面の眺望＝花巻市矢沢・胡四王山

5月に退院した賢治は、花巻で家業の質・古着屋や養蚕を手伝うが、家人の目を盗んでは高台に上り、看護師の出身地とされる紫波郡日詰町（現紫波町）の空を眺め、恋心を募らせた。賢治は父母に結婚したいと告げるが反対される。

盛岡高等農林学校（現岩手大農学部）の受験を許された賢治は同じ時期、島地大等編「漢和対照妙法蓮華経」と出合う。その後、賢治は信仰と創作のために禁欲的な生活を自らに課していく。

同い年の親友で、花巻高等女学校（現花巻南高）の教諭だった藤原嘉藤治には次のように語っていたという。

「性欲の乱費は君自殺だよ、いゝ仕事は出来ないよ。瞳だけでいゝぢやないか、触れて見なくたつていゝよ」「おれは、たまらなくなると野原へ飛び出すよ、雲にだつて女性はゐるよ。一瞬の微笑みだけでいゝんだ」

しかし、賢治には生涯4度の恋の機会があったようだ。賢治が晩年、自身の年譜をモチーフに織り込んだといわれる文語詩の中にこんな作品がある。

恋のはじめのおとなひは／かの青春に来りけり／おなじき第二神来は／蒼き上着にありにけり／その第三は諸人の／栄誉のなかに来りけり／いまおゝその四愛憐は／何たるぼろの中に来しぞも

（文語詩未定稿より「機会」）

作品中の「恋のはじめのおとなひ」は、賢治自筆の「文語詩篇ノート」中にある「岩手病院」の言葉のすぐ下に「Ｅｒｓｔｅ　Ｌｉｅｂｅ（ドイツ語で「初恋」）」と記したように恋の相手は看護師と考えられている。

胡四王山の方に向いて建つ賢治の文語詩未定稿「丘」の文学碑＝紫波町二日町・城山公園

2回目は同じ文語詩篇ノートに「農林第二年　第一学期」の隣に「Zweite　Liebe（第二の恋）」とあるので、高等農林時代とも考えられる。4回目は賢治の見合い相手の伊藤チエか—などとさまざまな時期、女性の想定が試みられている。

宮沢賢治学会イーハトーブセンター前代表理事・大妻女子大文学部（東京都）の杉浦静教授（63）は「在家の宗教者として、自身を日々修業の中に置いたとしても、冷めた人間ではいられない賢治が恋をしなかったということはないだろう。直情的な人でもあり、案外ほれっぽかったかもしれない」と考察する。

初恋や進学の悩みを経て、受験を許された宮沢賢治の盛岡高等農林学校入学願書用写真（資料提供・林風舎）

懐かしい青春に哀惜　作品に見る賢治

野をはるに北をのぞめば／紫波の城の二本の杉／かゞやきて黄ばめるものは／そが上に麦熟すらし／さらにまた夏雲の下、／青々と山なみはせ、／従ひて野は澱めども／かのまちはつひに見えざり／（略）／うちどよみまた鳥啼けば／いよいよに君ぞ恋しき

文語詩未定稿「丘」の一部で、舞台は現在、宮沢賢治記念館が建つ花巻市矢沢の胡四王山《こしおう》。賢治はここから初恋の看護師ゆかりの紫波、盛岡方面を眺め、「いよいよに君ぞ恋しき」と心を熱くした。

作品中の「紫波の城」は中世期に斯波《しわ》氏が築いた高水寺城《こうすいじ》のこと。紫波町二日町の小高い丘にあり、この丘は「城山」と呼ばれ、町民に親しまれている。

胡四王山は賢治が晩年に使った「雨ニモマケズ手帳」の中で、「経埋ムベキ山」として列記される県内32山の2番目に書かれている。

盛岡市の文芸評論家吉見正信さん（87）は、その理由について、「初恋懐かしき青春彷徨《ほうこう》の地への哀惜があったのではあるまいか」と考察する。

第十一章　女　性㊦

初恋を成就して節子と結ばれた石川啄木と、進学や法華経との出合いによって初恋をあきらめた宮沢賢治。啄木は、北海道の漂泊時代から東京で迎えた晩年まで、職場や遊興の街でさまざまな女性と出会う。信仰と創作に専念しようと自らに禁欲的な生活を課した賢治は、理想と現実の間で葛藤しながら、独身で生涯を閉じた。

北海道の思い出深く　啄木

啄木は第一歌集「一握の砂」の「忘れがたき人人　二」全22首で、函館・弥生尋常小学校時代の同僚、橘智恵子（1889～1922年）を詠んでいる。啄木は函館へ渡った約1カ月後の1907（明治40）年6月から勤務。智恵子は訓導（正規の教員）で代用教員の啄木よりも立場が上だったが、分け隔てなく接した。

啄木は智恵子について日記に「真直に立てる鹿ノ子百合なるべし」「あのしとやかな、そして軽やかな、いかにも若い女らしい歩きぶり！さわやかな声！」などと記している。

「若々しく清らかで優しい智恵子は、啄木の心が求めた理想の女性だったのではないか」と語るのは国際啄木学会理事の山下多恵子さん（63）。

「わかれ来て年を重ねて／年ごとに恋しくなれる／君にしあるかな」など、智恵子を詠んだ歌からは親密な雰囲気が漂うが、2人が親しく会話をしたのはわずか2度だった。

啄木が恋い焦がれ、思い出すことで心の支えとしていた橘智恵子（資料提供・石川啄木記念館）

最初は、大火により啄木が函館を去る2日前の9月11日、退職願を持って校長を訪ねた時。同席していた智恵子と札幌の話をしている。翌日には第1詩集「あこがれ」を持って智恵子の自宅を訪ね、2時間余り語り合っている。

　その後は何回か手紙をやりとりするのみの関係だったが、啄木は東京時代にも智恵子との思い出をつづっている。智恵子は精神的に啄木を支える存在だったかもしれない。

　一方、08（同41）年に北海道漂泊最後の地、釧路で出会った小奴（本名・坪ジン、1890～1965年）を詠んだ歌は「小奴といひし女の／やはらかき／耳朶《みみたぼ》なども忘れがたかり」など。

啄木が釧路新聞社時代に親しかった小奴＝1907（明治40）年撮影（資料提供・石川啄木記念館）

深い関係をにおわせる。
　釧路新聞の記者として活躍していた啄木は、取材を兼ねて遊びに行く料亭で芸妓《げいぎ》をしていた17歳の小奴と出会う。小奴の身の上話を聞いた日には「妹になれ」「なります」という会話が交わされた。
　釧路を離れた後も小奴は東京の啄木を訪ねた。手をとって散歩し「別れる時キッスした」と、啄木が日記に書いている。
　1954（昭和29）年4月12日（啄木忌前日）

付の岩手日報には、小奴が「石川さんとは清いおつきあいでしたからいつまでも当時のことがつきない思い出になっております」と回想する談話が載っている。

山下さんは「小奴は妹のような愛らしさと、酸いも甘いもかみ分けた年上の女のような優しさを併せ持つ女性。等身大のまま啄木に愛されていた」とみる。

ほかにも啄木は、情熱的な手紙を送っていたものの、写真を見た日の日記に「美しくはない人」と書いた菅原芳子や、東京で恋愛関係になるがほどなく別れた植木貞子《ていこ》ら、多くの女性と関わった。

中には、手紙に同封された偽の写真を見て「驚いた。仲々の美人だ！」と胸をときめかせたが、本当は男だった平山良子（本名・良太郎）もいた。

函館の啄木小公園にある啄木像。啄木は弥生尋常小学校で同僚だった橘智恵子への思いを歌に詠んだ＝函館市日乃出町

お礼のバターを歌に　作品に見る啄木

山の子の
山を思ふがごとくにも
かなしき時は君を思へり

歌集「一握の砂」の「忘れがたき人人　二」で橘智恵子を詠んだこの歌には、啄木の智恵子に対する強い思いが表現されている。

山下さんは「啄木は上京1年後、文筆で身を立てることができない不安と焦燥の中で死さえ思う日々を『ローマ字日記』につづった。この中で智恵子のことを切なくしのんでいる。ひととき智恵子を思い浮かべることで、精神的なバランスを保っていたのだろう」と想像する。

啄木は「一握の砂」を智恵子へと送った。北海道・空知郡北村（現岩見沢市北村）の牧場主と結婚していた智恵子は、お礼にバターを送っている。「悲しき玩具」には「石狩の空知郡《そらちごほり》の／牧場のお嫁さんより送り来し／バタかな。」という、その時のことを詠んだ歌も収められている。

産褥熱《さんじょくねつ》から33歳で亡くなった智恵子の遺品に、「一握の砂」と「あこがれ」が残されていたという。

禁欲課す中　結婚話も　賢治

「さうだな、新鮮な野の朝の食卓にだな、露の様に降りて来て、挨拶を取りかはし、一椀の給仕をしてくれて、すつと消え去り、又翌朝やつて来るといつた様な女性なら結婚してもいゝな」

1928（昭和3）年ごろ、賢治は花巻高等女学校（現花巻南高）の音楽教諭藤原嘉藤治《かとうじ》にこう話したという。こんなところに賢治理想の女性像のヒントがありそうだ。

遠野小学校の教員だった1940～43年ごろの高瀬露さん（「遠野物語研究第7号」より「宮沢賢治と遠野（二）」の著者佐藤誠輔さんの許可を得て引用）

宮沢賢治学会イーハトーブセンター前代表理事・大妻女子大文学部（東京都）の杉浦静教授（63）は「賢治の詩や童話などには、おとなしくつつましやかな女性を好ましく、主張の強いタイプは否定的に登場する傾向がある」と指摘する。

賢治を巡る女性については様々な考察や研究があるが、唯一マイナスイメージで語られたのが、高瀬露さん（1901～70年）だ。賢治が農村生活の向上を目指した羅須地人《らすちじん》協会の会員だった高瀬さんは、賢治に好意を寄せたが拒絶されたために、賢治を中傷したとされてきた。

近代文学研究者の上田哲《あきら》さん（故人）や、遠野の青笹小で高瀬さんの同僚だった佐藤誠輔さん（88）らの研究によると、これらの話は、高瀬さん側から話を聞くこともなく、検証が不十分だという。

小学校教諭だった高瀬さんは賢治に一人で来ないよう言われてからは訪問を遠慮。数年後に遠野に転任し、他の人と結婚した。賢治没後は賢治を顕彰する会などに参加し、賢治をたたえ、しのぶ短歌も発表している。

高瀬さんは自身の評判に対し「事実でないことが語り継がれている」と話したが、多くを語らなかったという。このことについて上田さんは、高瀬さんが悪評など苦痛を甘受する「キリスト者だったことによるのかもしれない」と人物像の再考を促している。

それまで否定的だった結婚に前向きな意思を吐露したとも伝えられるのが、胆沢郡水沢町（現奥州市）出身で31（同6）年伊豆大島に大島農芸学校を設立した伊藤七雄さんの妹チエさん（1905〜89年）だ。

伊藤兄妹は羅須地人協会を訪ね、七雄さんが開校する学校への助言や土壌の調査を依頼した。

伊藤七雄・チエ兄妹や高瀬露さんらが訪ねてきた羅須地人協会の跡。現在は詩碑「雨ニモマケズ」が建つ

この時の訪問は見合いの意味があったとされるが、賢治は後でそれを知らされたようだ。28（同3）年6月に大島を訪ね、チエさんに魅せられた賢治は長詩「三原三部」を詠んだ。

この旅行の後、賢治は病に倒れ、羅須地人協会の活動を断念する。その3年後の31（同6）年、賢治は当時岩手日報社に勤めていた作家の森荘已池《そういち》さん（1907～99年）を訪ね、チエさんとの結婚話が再び取りざたされていることを話したという。その時、賢治は「禁欲は結局何にもなりませんでしたよ、その大きな反動がきて病気になったのです」と述懐したという。

賢治はこの後再び病に倒れ、その2年後にこの世を去る。杉浦教授は「賢治が独身だったのは思想的なこともあるが、健康上の問題が大きかったと思う」と推察する。

告げえなかった愛情　作品に見る賢治

……南の海の／南の海の／はげしい熱気とけむりのなかから／ひらかぬまゝにさえざえ芳り／つひにひらかず水にこぼれる／巨きな花の蕾がある……

1928（昭和3）年6月、賢治は伊豆大島の伊藤七雄、チヱ兄妹を訪ねた際、3部から成る長詩「三原三部」を詠んだ。

引用部分は同作品の第一部の一節で、賢治の友人森荘已池さんはここに、チヱさんに対して「おそらく告げたくて告げえなかった、愛情の告白を、押しころすのにけんめいだった賢治の、蒼白な心情をみることができる」と自著「宮沢賢治の肖像」の中で考察。

大島からの帰路で詠んだ第三部の末尾の一節「あなたの上のそらはいちめん／そらはいちめん／かゞやくかゞやく／猩々緋です」と照らし合わせ、ついに開かず、「水にこぼれてしまった巨きな花のような愛」に違いなかったが「その愛を告げなかったことの安心と悔恨は、その船の上でも、残像となって残っている」と評釈した。

第十二章　識者に聞く

石川啄木と宮沢賢治は、家族や恩師、友人ら自身をめぐる人々とどのように関わったのか。そして対照的にも見える2人の女性観とは―。前国際啄木学会会長の望月善次さんと宮沢賢治研究家の牧野立雄さんに聞いた。

前国際啄木学会会長・望月善次さん　友を引き付ける魅力

―両親が啄木に与えた影響は。

「下の姉と啄木は8歳差。初めての男の子で、当時の長男中心の民法と相まって両親、特に母親は溺愛した。当時僧侶は妻帯してもよいことにはなっていたが、曹洞宗は積極的ではなかったこともあり、父一禎は母カツを籍に入れなかった。啄木が6歳の時にようやく入籍し、姓も工藤から石川に変わる。そのことは父への不信感として、啄木の人生に微妙な影を落としたかもしれない」

「カツは、一禎が宝徳寺の住職を罷免された後、夫につかずに啄木について回る。啄木は父の住職罷免により生活が困窮したが、その苦悩から作品も生まれた。宮沢家のような理想的な両親と石川家のような両親は、文学者にとり、どちらが幸運であったかは一概には言えない」

―姉妹との関係は。

「長姉サタは母親代わりのような存在。次姉トラが働かない一禎を引き取り終生面倒をみたことは、石川家にとって大きい。気の強い妹光子とは、最も親しくした」

―光子は啄木の死後、夫の後押しもあり、啄木の妻節子と親友の宮崎郁雨が男女関係にあったと主張した。

「啄木と郁雨が絶交するようなことがあったことは確かだが、この事件の真相の具体は今も分からない。研究者間では議論が続いているが、2人がプラトニックな関係だったということは間違いないのではないか」

―どんな師に指導を受けたか。

「学校関係では、盛岡中学校（現盛岡一高）担任の富田小一郎、盛岡高等小学校（現下橋中）校長の新渡戸仙岳。文学面で最も面倒を見たのは与謝野鉄幹。啄木の才能を見抜き『明星』で大きく取り上げ世に出した。鉄幹なかりせば啄木はいなかった。しかし啄木は、鉄幹にも、小説原稿を直したり売り込みをしてくれた森鷗外にも、ほとんど恩義を感じていなかった。文学者として自立する上では、かえってそれがよかったのかもしれない」

—人生を通し、数多くの友人に恵まれた。

「盛岡中学、北海道、東京の3時代、それぞれたくさんの友に囲まれた。文学的な才能に加え、社交的、前向きな性格や巧みな話術から、多くの人が啄木と友達になりたがった。金田一京助は、家族がアンチ啄木なのに揺るぐことなく終生支持した。啄木には友人を引き付けてやまない魅力があったのだろう」

—啄木の女性観は。

「明治時代には珍しく、女性を尊重する気持ちを持っていた。欧米文化の女性観を取り入れる中で、そうした考えを持つようになった。自立した女性が好きで『大逆事件』の菅野すがのことも評価している。『我はこの国の女を好まず』と詩で指摘しているように、従属して自立心のない女性は嫌いだった」

—「ローマ字日記」には春を買ったことも書いている。

「大正天皇の例があるように、明治はまだ『お妾さん』がいる時代。売春婦の元へ通ったり、結婚しているのに植木貞子と肉体関係を持ったりもしたが、当時のほかの文学者に比べればかわいいものだ。意外と真面目だったと言える」

―女性たちが啄木に与えた影響は。

「啄木はルックスがよく社交的、姉妹に囲まれかわいがられて育てられたことから女性への恐れがない。ある種の不良性もあることから、モテた。ただ、弱点は失恋経験がなかったこと。例外が節子の家出で、その後の啄木の文学、人生を大きく変えた」

【もちづき・よしつぐ】　1942年山梨県生まれ。東京教育大大学院教育学研究科修士課程修了。岩手大教育学部教授、同大付属中校長、同学部長、盛岡大学長、インド・ネルー大、デリー大客員教授などを歴任。岩手大名誉教授。前国際啄木学会会長。NPO法人石川啄木・宮澤賢治を研究し広める会理事長。74歳。

書に見る短歌の世界　記念館で収蔵資料展

盛岡市渋民の石川啄木記念館（森義真《よしまさ》館長）は2016年春、収蔵資料展「金子鷗亭による啄木短歌」を開いた。

金子鷗亭《おうてい》さん（1906〜2001年）は北海道松前町出身。1964年、創玄書道会を設立。近代文学の詩文を素材とした近代詩文書を提唱した。90年に文化勲章を受章している。父親は盛岡市出身。

1975年に来館した鷗亭さんは、啄木作品の書がないことを気にしていたといい、80年、門下生の作品とともに12点を同館に寄贈した。全12点を一堂に展示するのは、同館が新しくなってから

近代詩文書を提唱した金子鷗亭さんの書による啄木短歌が並ぶ収蔵資料展＝盛岡市渋民

初めて。

「ふるさとの山に向《むか》ひて／言ふことなし／ふるさとの山はありがたきかな」「かにかくに渋民村は恋しかり／おもひでの山／おもひでの川」など、「一握の砂」と「悲しき玩具」の短歌が趣のある書であらわされており、訪れる人の目を楽しませている。

同館学芸員の中村晶子さん（37）と佐々木裕貴子さん（33）は「書の大家による啄木短歌の世界を、目で見て味わってほしい」と来場を呼び掛ける。

宮沢賢治研究家・牧野立雄さん　世界広げた母の存在

―賢治の魅力は、母イチから来たものが大きいと指摘している。

「イチの実家は花巻の財閥で賢治の家より格が上だった。賢治が盛岡に出て自分の世界を広げることができたのもイチの力が大きかったと思う。幕末の志士吉田松陰に憧れ、幼い賢治に四書五経を素読させるなど教育熱心だったとの話もある。自身も義父母の介護や子育て、店の手伝い、養蚕に追われながら新聞や雑誌に目を通し、読書に励んだ。イチの独学の姿は賢治に在野の心を教えたと思う」

「父政次郎が真面目一方だったのに対し、イチにはユーモアがあり、賢治の人間の幅を広げた。賢治の中学、高等農林時代の友人や賢治を身近に知る人は皆『愉快な人だった』という。賢治の童話には『毒もみのすきな署長さん』のように人間の裏側を描いた作品もあるが責めるわけではなく最後は許し、包み込む世界となっている」

―賢治とトシの関係では、立場の逆転現象に注目している。

「トシは花巻高等女学校（現花巻南高）の卒業直前、初恋に破れ、逃げるように日本女子大学校（現日本女子大）に進学した。その孤独な学生生活を励ましたのが、同じ年に盛岡高等農林学校（現岩手大農学部）に入学した賢治であり、2人は手紙を通して絆を強めた。トシはやがて同大創設者の成瀬仁蔵《じんぞう》の教育に感化され、自分の考えをしっかり持ち、逆に兄を励ます女性に成長している」

「さらに注目されるのは、トシの人格形成に影響を与えた成瀬の言葉が賢治にも伝わっていることだ。大いなる『宇宙意志』の存在や『宇宙にありとあらゆるものは皆我が兄弟』などの成瀬の認識は、賢治の生涯や事業にも投影されている」

―賢治に影響を与えた人物として、盛岡バプテスト教会でキリスト教を伝道したタッピング夫妻の存在も重視している。

「タッピング牧師は盛岡中学校（現盛岡一高）で英語も教えた。妻のジュネビーブは岩手初の幼稚園を創設したパイオニアウーマンでもある。信仰と恋愛で結ばれ、見知らぬ土地で力を合わせる2人の家庭には団らんもあった。賢治に理想の家族像を与えたと思う」

―賢治の交友関係をどう見るか。

「旧制高校も専門学校も極めて少ない時期に盛岡高等農林学校に進学し、全国から集まった個性豊かな学友と出会えたことは人生に測りしれない好影響を与えた。文芸同好会『アザリア』で親しく交わった3人との出会いは賢治が1年浪人したことによる。特に賢治と1年遅れで入学した保阪嘉内が寄宿舎で同室となったのは運命としかいいようがない」

―賢治は生涯独身だった。

「カトリックでいえば、妻帯が認められない神父のような生き方だったともいえる。宗教と恋の共通点はよそ見が許されないことであり、恋と信仰は相いれないものでもある。自分の寿命が長くないという予感から夢に殉じたいという思いもあったのではないか」

―賢治をめぐる人々をどうとらえるか。

「賢治は独立峰ではなく、さまざまな山が重なってできた中の高い山。周囲の人々もそれぞれ素晴らしい人生を生きたが、母親や関わりのあった女性などの研究はまだまだ不十分な点がある。賢治の生き方こそ最大の作品。賢治の世界観につながる人々との関わりや生き方を掘り下げる新しい伝記研究が必要だ」

【まきの・たつお】　１９４８年名古屋市生まれ。法政大通信教育部日本文学科卒業。77年に盛岡市へ移住し、雑誌やテレビで賢治関連の企画を手掛ける。著書に「宮澤賢治　愛の宇宙」（小学館ライブラリー）、「賢治と盛岡」（同刊行委）など。67歳。

童話の奥深さ　舞台に　県内の劇団「黒猫舎」

県内演劇愛好者による劇団「黒猫舎」（菅原るみ子代表）は、「子どもも大人も楽しめる宮沢賢治童話」を掲げ、演劇に朗読やダンスなどを織り交ぜたステージを通し賢治作品の魅力を紹介している。

公演は「イーハトーヴからやってきた三つのお話」と題し、毎回賢治童話から3編を上演。衣装や道具、背景はできる限りシンプルに抑えて鑑賞者の想像力を喚起し、臨場感のある生の効果音や演奏にもこだわった。

紫波町で開かれた公演では「セロ弾きのゴーシュ」「月夜のでんしんばしら」「よだかの星」

の3作品を紹介。ゴーシュを訪ねる動物たちの生き生きとした動きや、電信柱たちの楽しげな踊り、黒い紗幕《しゃまく》を隔てて伝わるよだかの心の叫びが観客を引きつけた。

同劇団は、盛岡市の「劇団赤い風」の女性団員で2010年に結成した。当初は大人だけの劇団だったが、現在は団員の子どもたちも参加。稽古に励む母親たちの傍らで自然に覚えた歌や踊りを披露し、舞台を彩っている。

菅原代表(51)は「舞台化する際、毎回団員同士で話し合い、賢治作品の奥深さを実感している。自分たちの舞台を機に、賢治の世界に興味を持ってもらえればうれしい」と思いを込める。

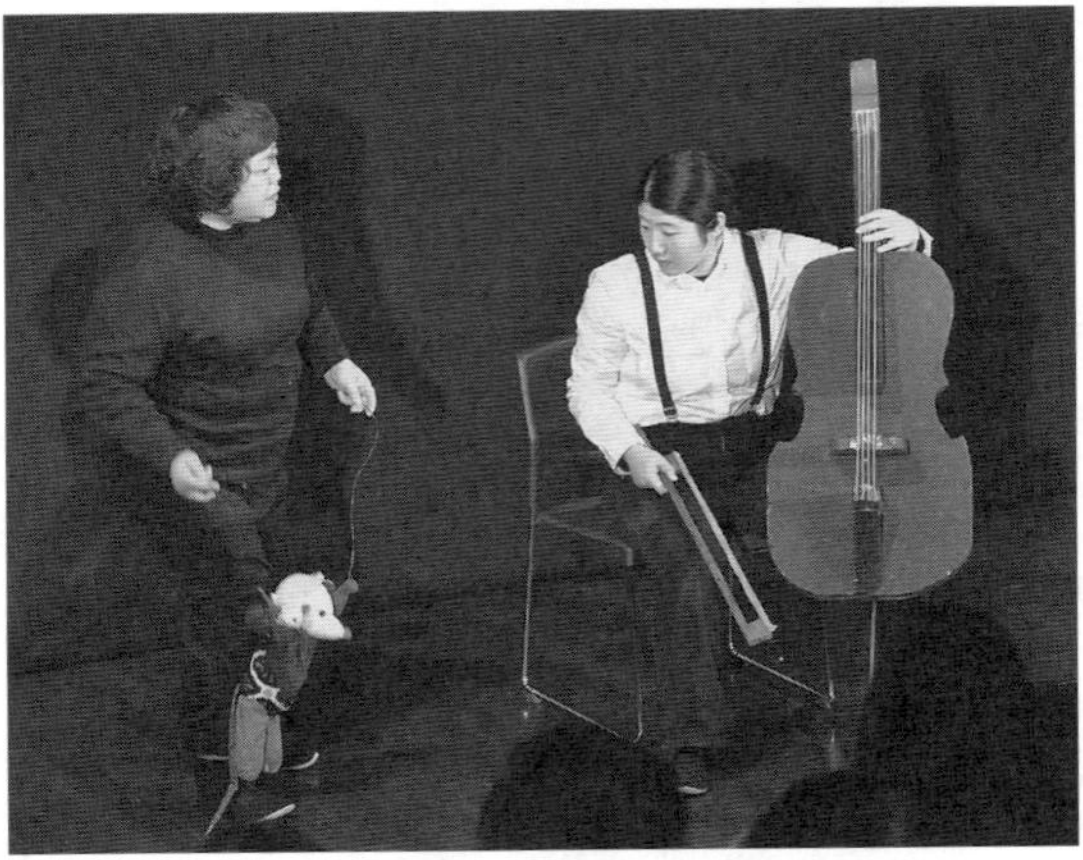

宮沢賢治の童話「セロ弾きのゴーシュ」を上演する劇団「黒猫舎」のメンバーたち＝2月7日、紫波町紫波中央駅前2丁目の町情報交流館

第十三章　山

自然豊かな岩手。文学者石川啄木と宮沢賢治は、それぞれ山を主題にした印象深い作品を残している。啄木は遠く離れた古里の象徴として山々をうたい、多くの人々の郷愁をかき立てた。少年時代から山を歩き、科学的な知識や信仰の深まりと共に自然と交感した賢治は、その体験を基にした独自の世界観を詩や童話に昇華させた。

信仰心と望郷の思い　啄木

ふるさとの山に向ひて
言ふことなし
ふるさとの山はありがたきかな

「一握の砂」に収められているこの短歌は、盛岡駅前をはじめ多くの碑に刻まれている。

渋民公園から望む岩手山。この雄姿は、故郷を離れた後も啄木を支え続けた＝盛岡市渋民

啄木の妹、三浦光子は著書「兄啄木の思い出」の中で、渋民村（現盛岡市渋民）の情景を「坦々とした国道に沿った寂しい農村、東に姫神山、西には岩手富士の雄姿を望み、北上川の清流をまえにして静かな瞑想に耽っているような」集落と描写。自身も山々を意識しつつ育ったことをうかがわせる。

小説「鳥影」では「姫神山が金字塔《ピラミット》の様に見える」「男神《をがみ》の如き岩手山と、名も姿も優しき姫神山」、小説「雲は天才である」中で子どもたちが合唱する歌では「雪をいただく岩手山《いはてさん》／名さへ優しき姫神の／山の間を流れゆく／千古の水の北上《きたかみ》に」などと表現している。

冒頭の歌をはじめ、山にまつわる作品を含む「一握の砂」は、雄大な山々を眼前に詠んだのではなく、文学で身を立てようともがいていた東京時代に生まれたもの

岩手山とともに、啄木が子どものころから親しんだ姫神山＝盛岡市

だ。

「石をもて追はるるごとく」故郷を離れた啄木の脳裏に、ふるさとの山が「ありがたき」存在として浮かんだのはなぜだったのか。

詩人草壁焰太《えんた》さんは著書「石川啄木『天才』の自己形成」で「この詩人は無信仰であったが、あえて探せば、岩手山に信仰心に近いものをもっていた。（中略）敗北しても挫折しても、自己を失うまいとした啄木の不屈で果敢な姿勢は、心のうちの岩手山の雄姿と無関係ではなかったであろう」とその存在の重要性を指摘する。

その岩手山に啄木が登ったことをはっきりと示す資料はない。しかし、登山したのではないかと思わせるような記述が残っている。

盛岡中学校（現盛岡一高）を中退し、16歳で上京したのは、1902（明治35）年11月1日のこと。翌2日の日記「秋韷笛語《しゅうらくてきご》」には、友人と会ったことなどを記した後に、短歌6首が記されている。

その最後の1首「岩を踏みて天の装ひ地のひゞき朝の光の陸奥《ミチノク》を見る。」の後に（岩手山に登る）とある。

石川啄木記念館の森義真《よしまさ》館長（62）は「このような歌を詠むということは、盛岡中学時代に岩手山に登ったことがあったのではないか」と推察する。

啄木がふるさとを思い出す時、山は大きな存在として胸中に去来したのだろう。

歌誌「りとむ」発行人で日本歌人クラブ会長の歌人三枝昻之《さいぐさたかゆき》さん（72）は「山や川はその土地の風土そのもの。啄木は望郷の気持ちをそれらに託して歌に詠んだ。ふるさとには帰れないし東京にも居場所がない、というヒリヒリとした孤独感が、望郷の思いをより切実にしている」と歌に込めた感情に心を寄せる。

万人に親しみやすく　作品に見る啄木

かにかくに渋民村は恋しかり
おもひでの山
おもひでの川

「一握の砂」に収められている、代表作品の一つ。

三枝さんは「『渋民村』という地名は入っているが、山や川には具体名が入っていない。それゆえに、それぞれが自分の故郷の山や川を思い浮かべられる。万人に受け入れられる親しみやすさにつながっている」と紹介する。

その上で「誰にでも分かりやすい言葉で、端的にふるさとの恋しさを詠んでいる。まねできそうでできないのが啄木の作品」と、歌人の視点で魅力を解説する。

啄木は1906（明治39）年8月の「渋民日記」に「故郷！故郷の山河風景は常に、永久に、我が親友である、恋人である、師伝である。然し乍ら、噫、何故なれば故郷の人間はしかく予を容れざらむとするのであらう」と、古里の自然を愛してやまない一方、人間関係に苦悩する心の内を記している。

畏敬抱く創作の舞台　賢治

「北斗星はあれです／それは小熊座といふ／あすこの七つの中なのです」（「春と修羅」第一集「東岩手火山」より）

1922（大正11）年9月17日、賢治は稗貫農学校（後に花巻農学校、現花巻農高）の生徒数人を連れ、岩手山に登った。翌日午前3時ごろ、頂上付近で読経した賢治は生徒たちに星座を解説し、ご来光まで周辺を散策。「二十五日の月のあかりに照らされて／薬師火口の外輪山をあるくとき／わたくしは地球の華族である」（「東岩手火山」）とスケッチした。

盛岡中学校（現盛岡一高）2年の初登山以来「まるで家の裏山へでも登る様に」「一人でぶらり」（川原仁左エ門編著「宮沢賢治とその周辺」）と通った岩手山は、賢治にとっ

宮沢賢治が「種山の尖端《せんたん》」「高原の残丘（モナドノックス）」と呼んだ物見山山頂付近から望む種山高原＝奥州市江刺区

て読経をささげる信仰の山であり、山頂は星から宇宙空間へと意識をいざなう場だった。
登山とその周辺の散策、鉱物採集によって、賢治は岩手山の生い立ちを熟知し「東岩手火山」のほか「鎔岩流」などの詩や、「気のいい火山弾」などの火山風土をモチーフにした童話を生み出した。

盛岡高等農林学校（現岩手大農学部）時代の調査行は、それまで岩手山周辺にとどまっていた賢治に新たな創作の舞台をもたらす。

江刺郡地質調査で赴いた種山ケ原（種山高原）もその一つ。17（大正6）年9月に初めて訪れた賢治は同地に魅了される。翌年行われた稗貫郡土性・地質調査で花巻地方の山々を歩いた賢治は、高等農林の友人に宛てた手紙に印象の違いを記している。

「江刺ノ山ハ実ニ明ルクユックリシテヰタデハアリマセンカ」「コチラデハサッパリイケマセン。山ハ無暗ニコセツイテ意地悪ク」「歩キナガラ山ノ悪口ヲ云ッタリシマス」

「天に接する陸の波／イーハトヴ県を展望する」（詩「種山ヶ原」パート三）と賢治が愛した明るく開放感のある眺望は、童話「風の又三郎」に、同高原に放たれた馬で子どもたちが競馬遊びをする壮大な場面などに取り入れられている。

北上高地の最高峰早池峰山周辺も、稗貫郡土性・地質調査で訪れた。賢治は作品の中で同山を、英国の第2峰「スノードン」、作柄を占う「シャーマン山」などと呼び、畏敬の念を表している。

山麓一帯は童話「どんぐりと山猫」の舞台ともいわれ、岳川沿いには猫山と呼ばれる山や、「笛ふきの滝」のモデルと思われる「笛貫の滝」がある。

「宮沢賢治早池峰山麓の岩石と童話の舞台」（イーハトーヴ団栗団企画）の著者の一人で、岩手大農学部附属農業教育資料館研究員の亀井茂さん（85）は『風の又三郎』も早池峰山周辺と関わりが深い。この作品には、山麓で栽培されていた葉タバコ『南部葉』や、猫山にあるモリブデンの鉱脈が登場する」と指摘する。

岩手山登山の記念撮影。前列左が宮沢賢治＝1910年9月25日、盛岡中学校の寄宿舎近く（資料提供・林風舎）

情景をユーモア交え　作品に見る賢治

おゝ青く展がるイーハトーボのこどもたち／グリムやアンデルセンを読んでしまったら／じぶんでがまのはむばきを編み／経木《きょうぎ》の白い帽子を買って／この底なしの蒼い空気の淵に立つ／巨きな菓子の塔《とう》を攀《よ》ぢやう

詩「山の晨明《しんめい》に関する童話風の構想」より

賢治が花巻農学校（現花巻農高）の教師だった1925（大正14）年8月に作った。

夜明けの早池峰山をお菓子の塔に見立て、「つめたいゼラチンの霧もあるし／桃いろに燃える電気菓子もある」などと表現。イーハトーボ（理想化された岩手）の豊かな自然の中にある天上の食べ物を共に食べようと子どもたちに呼び掛けている。

「はむばき」はわらや布で作りすねに巻き付ける「はばき」のこと。同作品の下書稿一の題名は「下背に日の出をもつ山に関する童話風の構想」だった。

「宮沢賢治名作の旅」などの著書がある日本文学研究者、渡部芳紀さん（75）は「香りや風の動きも配して天上の魅力を強調している。賢治の明るく、ユーモアのある側面がうかがえる」と鑑賞する。

第十四章　川

岩手を南北に流れる北上川、里を潤すせせらぎ。山とともに、石川啄木、宮沢賢治の文学の原風景となっている川。啄木は、懐かしい故郷の象徴の一つとして詩歌に詠み、幸せだった時期の風景として心に刻んだ。賢治は、物語世界の土台となる自然の知識を川から授かり、豊かな想像力を育んでいった。

故郷や幸福映す象徴　啄木

啄木が子どものころ過ごした渋民・宝徳寺近くには、北上川が流れる。そこには水害で何度も流失したつり橋の鶴飼橋《つるがいばし》が架かっていた。啄木は第一詩集「あこがれ」にも「鶴飼橋に立ちて」と題した詩を収めている。

「橋はわがふる里渋民の村、北上の流に架したる吊橋なり。岩手山の眺望を以て郷人賞し措かず。春暁夏暮いつをいつとも別ち難き趣あれど、我は殊更に月ある夜を好み、友を訪ふてのかへるさなど、幾度かこゝに低回微吟の興を擅《ほしいまま》にしけむ。」と、前書きで橋への愛着を記す。

「尊ときやはらぎ破らじとか／夜の水遠くも音沈みぬ。／そよぐは無限の生《せい》の吐息、／心臓《こゝろ》のひびきを欄《らん》につたへ、／月とし語れば、ここよ永久《とは》の／詩の領朽《りょうく》ちざる鶴飼橋《つるがひばし》。／よし身は下ゆく波の泡と／かへらぬ暗黒《くらみ》の淵に入るも／わが魂封《たまふう》じて詩の門《と》守る／いのちは月なる花に咲かむ。」などと、聖なる場所をうたっている。

当時はまだ渋民駅がなく１８９５(明治28)年、盛岡高等小学校(現下橋中)へと進学した啄木は、古里を離れる、あるいは帰郷する時に北上川をわたり、好摩駅を利用した。石川啄木記念館館長の森義真《よしまさ》さん(62)は「北上川は、啄木にとって故郷を象徴する存在だったのだろう」と語る。

一方、「短いけれど、幸せだった時期の風景」と森さんが挙げるのが、盛岡の中心部を流れる中津川。１９０５(同38)年5月に19歳で結婚した啄木と節子は、翌6月から現在「新婚の家」がある盛岡の帷子小路(現盛岡市中央通3丁目)で暮らす。3週間後には、加賀野磧《かわら》町(同市加賀野1丁目)へと移り、翌年3月に渋民へ行くまで、一家はここで暮らす。

近くに中津川が流れるその場所で、2人は川のせせらぎを聞きながら夢を語り合ったこともあったのだろう。啄木は文芸雑誌「小天地」を発行、盛岡の文学青年や歌人仲間も入れ代わり立ち代わり訪ねてきた。

盛岡中学校（現盛岡一高）の後輩で友人の岡山儀七は小天地発行の前後、啄木を訪ねた際に歌会に参加したり、友人と議論をしたという。

雑誌「共存共栄」に連載した「啄木について思い出す事共」で、ある晩の歌会に参加したことを回想し「啄木はその頃岩手日報に原稿を書いてゐたので、その晩の記事も二三日して新聞に出たが、それがまた『全集』にまで採録さるゝに至って一夜の恥がとう〳〵永久的なものになってしまった」と書いている。

また同中の同級生、伊東圭一郎も著書「人間啄木」で、「歌会も、たびたび徹夜で催した。その時の啄木と節子さんはさしあたり、新詩社での与謝野寛氏と晶子夫人といったかっこうだが、節子さんの歌はなかなか評判がよかったそうだ」とつづっている。

北上川にかかるかつての鶴飼橋＝撮影年代不明（資料提供・石川啄木記念館）

切実すぎる望郷の念　作品に見る啄木

やはらかに柳あをめる
北上の岸辺目に見ゆ
泣けとごとくに

「一握の砂」の「煙二」に収められている、啄木を代表する短歌の一つ。この歌が選ばれた第一号歌碑は啄木の死から10年後、地元の青年らにより北上川と岩手山を望む渋民公園の中に建てられた。

1行目の「や」と2行目の「き」の音がそれぞれ韻を踏み、きれいな調べとなっている。

「よほど北上川に愛着があり、心になじんでなければうたえない描写。『泣けとごとくに』には、切実すぎる望郷の気持ちが込められている。望郷は都市の孤独の変奏曲でもある」と、啄木の心中を解説するのは、歌誌「りとむ」発行人で日本歌人クラブ会長の歌人三枝昂之《さいぐさたかゆき》さん(72)

その上で「現実の故郷との関係は人によって違うが、心的な距離が遠ければ遠いほど故郷は純粋観念となり、心の中に風景は鮮やかによみがえる。この歌はその典型と言える作品だ」と指摘する。

知識習得、物語の源泉　賢治

「夏休みの十五日の農業実習の間に、私どもがイギリス海岸とあだ名をつけて、二日か三日ごと、仕事が一きりつくたびに、よく遊びに行った処がありました。それは本たうは海岸ではなくて、いかにも海岸の風をした川の岸です。北上川の西岸でした」

賢治の花巻農学校（現花巻農高）の教員生活を下敷きにした随筆風の短編「イギリス海岸」は、こんな書き出しから始まる。

作品中の説明によると、そこは「青白い凝灰質の泥岩」が広く露出し、「第三紀と呼ばれる地質時代の終り頃、たしかにたびたび海の渚だった」ところで、賢治にとって「全くもうイギリスあたりの白亜の海岸を歩いてゐるやうな気がする」特別な場所だった（※）。

賢治はここで生徒たちと泳いだり、クルミの化石や「第三紀偶蹄類の足跡」を見つけたりした。この短編からは賢治の地学への造詣の深さがうかがえる。

この川岸のイメージは、童話「銀河鉄道の夜」の中で、学者らしい人が獣の骨を掘り出す「プリオシン（「新第三紀鮮新世」の英名）海岸」として登場する。北上川は、天の川の映し鏡として賢治の創作の源泉となった。

　賢治文学の大きな魅力の一つとなっている地学の知識に基づく想像力は、幼いころ「石コ賢さん」と呼ばれるほど石集めに熱中した身近な川で育まれた。

　賢治が育った花巻の主な川には豊沢川、猿ケ石川、北上川がある。生家に近い豊沢川は西の奥羽山系から流れ下り、地質年代的に比較的新しい新生代の火山活動から生み出された石がよく見られる。

　東の北上山系を源とする猿ケ石川は、古生代や中生代などの古い時代に地中や海底深くで生成され、その後隆起した岩石が多い。

　北から南に流れる北上川には両山系の川が注ぎ、流れが運ぶ多種多様な石を見ることができる。

　賢治の地学者としての側面を検証する文教大文学部

賢治が花巻農学校の生徒らと泳いだり、クルミの化石を採取したりしたイギリス海岸＝花巻市・北上川

花巻農学校の職員室で同僚たちと談笑する宮沢賢治（右から３番目）＝資料提供・林風舎

（埼玉県越谷市）の鈴木健司教授（62）は「賢治が成長とともに地学に関する体系的な知識を備えていったのは、凝縮された地質環境を持つ岩手に生まれ育ったことが大きい」と指摘する。

川を舞台にした童話や短編には、葛丸川に蛋白石《たんぱくせき》（オパール）を探しに行く「楢ノ木大学士の野宿」や、「風の又三郎」の一場面となる「さいかち淵」、川の名前が題名になっている「台川」「丹藤川」などもある。

鈴木教授は、主人公の一郎が山猫の招待を受け、谷川に沿った小道をさかのぼっていく童話「どんぐりと山猫」を挙げ、「賢治にとって川は物語空間の入り口として機能し、物語の始まるところともいえる」と分析する。

※「イギリス海岸」の地質年代は現在、第四紀の前期更新世とされている。

自己の本質あらわに　作品に見る賢治

Tertiary the younger Tertiary the younger／Tertiary the younger　Mud-stone／あをじろ日破れあをじろ日破れ／あをじろ日破れに　おれのかげ／（略）／なみはあをざめ　支流はそそぎ／たしかにここは修羅のなぎさ

賢治作詞作曲の歌曲「イギリス海岸の歌」の一部。「Tertiary the younger」は「第三紀」のうちの「新第三紀」を、「Mud-stone」は「泥岩」を意味している。

イギリス海岸は、賢治に開放感や異国情緒をもたらす場であったと同時に、自己の暗部を見せられる場でもあったようだ。賢治は泥岩に映る自分の影に「修羅」を感じている。

賢治のいう「修羅」とはどんなものか。同趣の内容を扱った文語詩「〔川しろじろとまじはりて〕」には「わが影」は「卑しき鬼」と詠んでおり、それと同義のものと考えていいだろう。

鈴木教授は「賢治にとって地質年代的に古い場所は、『影』という形で自己の本質があらわになる場所だったようだ」と示唆する。

第十五章　識者に聞く

古里の山や川をモチーフに優れた文学作品を残した石川啄木と宮沢賢治。2人にとって山や川に象徴される自然はどんな存在だったのだろうか。日本歌人クラブ会長の三枝昂之さん、宮沢賢治記念館副館長の牛崎敏哉さんに聞いた。

日本歌人クラブ会長・三枝昂之さん　望郷の念　端的に詠む

―啄木の短歌で、山や川はどのように表現されているか。

「斎藤茂吉は蔵王、土屋文明は榛名山《はるなさん》、窪田空穂《うつぼ》は常念岳《じょうねんだけ》など、歌人は自分の山や川を持っている。私の場合は山梨県の農鳥岳《のうとりだけ》。詩歌では古里の風土のシンボルとして、山や川が大切にされている」

「『かにかくに渋民村は恋しかり／おもひでの山／おもひでの川』は、山や川が具体的な名前でないことから、万人に受け入れられている。自分なりの歌として感動できるところが啄木の歌の特徴で、親しみやすさにつながっている」

―啄木にとって山、川はどんな存在か。

「『一握の砂』は古里を離れてからの歌集でテーマの一つが『望郷』。啄木は望郷を故郷の山や川で歌った。渋民村は非常に濃密な自然がある静かな村だった。人々が思い描く典型的な故郷とも言える」

―作品の魅力は。

「啄木は誰にでも分かる言葉で端的にふるさとの恋しさを詠んでいる。表現を工夫しようとすると、難しく、より個性的になる。啄木は個性よりも、自分の心に素直に短歌をつくった」

―当時の時代背景は。

「明治になると各地に鉄道が敷かれ、地方から東京へ、という人の流れができる。古里を離れて東京へ出て来て、東京で古里を恋い慕う、という離郷と望郷が、時代の大切なテーマになった」

「啄木は『病のごと／思郷のこころ湧く日なり／目にあをぞらの煙かなしも』と、思郷を『病』と例えた。これは明治になり人々の共通の感情になった。当時の流行歌とも言える唱歌『故郷《ふるさと》』は1914（大正3）年につくられている。啄木の歌に刺激を受けていたかもしれない」

―啄木作品の自然描写の特徴は。

「啄木は、東京生活で借金に苦しむが、蓋平館《がいへいかん》別荘へ引っ越し、借金の取り立てから解放された数カ月間の日記や歌をみると、自然に対してより細やかな感受性を持っていたことが分かる。もし啄木がもう少し平らかな生活を送ることができたら、すごくいい自然詩人になっていた可能性が高い。しかし、できなかったことが啄木の運命で、だからこそさまざまな歌が生まれた」

―歌人の中には「啄木嫌い」もいると聞く。

「啄木が好き、というと『素人』、茂吉が好きというと『さすがだ』という風潮は、いまだにある。啄木がセンチメンタルすぎるという批判からきている」

「例えば『一握の砂』の第1首『東海の小島の磯の白砂に／われ泣きぬれて／蟹とたはむる』。下の句だけを詠むと『女々しい男』となるけれど、上の句からみると、気象衛星の視点から、絞りに絞って小さい生き物にクローズアップしていく。自分とは何か、どういう存在なのか、ということを問い掛けている。普通の人は写真を撮る時に相手にカメラを向けるが、啄木の場合は自分に向けた『自撮り』で表現している」

―現代の短歌界に啄木が与えた影響は。

「与謝野晶子の『みだれ髪』は青春賛歌。多くの若者が読み、短歌に入っていった。一方『一握の砂』は働き人、家庭人の生活の機微を歌った。身近な言葉と歌言葉の距離を縮めたのが啄木。晶子から啄木、そして俵万智へとつながっていった」

【さいぐさ・たかゆき】　１９４４年山梨県甲府市生まれ。早稲田大政治経済学部卒。歌誌「りとむ」発行人、日本歌人クラブ会長、宮中歌会始選者、山梨県立文学館館長。「昭和短歌の精神史」「啄木―ふるさとの空遠みかも」など著書多数。72歳。

作品、背景に理解深め　国際学会盛岡支部

国際啄木学会の国内外にある支部の一つである盛岡支部（小林芳弘支部長、会員約50人）は、盛岡市内で月例研究会を開いており、これまでに220回に上る。

会では最新の調査研究成果を報告したり、啄木の日記を読んだりして、作品や背景に理解を深めている。論文を掲載した会報も年1回発行している。

毎年4月には「啄木忌前夜祭」を主催。第12回の2016年は、12日に市民文化ホール小ホールで開いた。「小中高大生は啄木をどう読むか」と題したパネルディスカッションと声楽家による啄木の歌独唱、講演の3部構成で、啄木の魅力を市民に伝えた。

盛岡支部事務局長の佐藤静子さん（69）は、十数年のオブザーバーを経て60歳を機に入会した。高校時代から啄木の短歌が好きだったといい「どの年代で読んでも、その時々に合う歌がある」と魅力を語る。最近は、「所謂今度の事」「時代閉塞の現状」「日本無政府主義者陰謀事件経過及び附帯現象」などの評論にも引かれているという。「啄木は『大逆事件』の真相を見抜いていた。真実を見る目を持ち、記録した本当のジャーナリストでもあった」と力を込める。

宮沢賢治記念館副館長・牛崎敏哉さん　理想郷概念　形づくる

―賢治にとって山とは。

「賢治の山歩きはもともと小学校時代の石好きが高じたもので、『石っこ賢さん』から始まり、やがて植物採集にも熱中する。賢治にとって石は太古の記憶や宇宙など遠い別の世界を思い起こさせるものだったようだ。盛岡中学校（現盛岡一高）に入ると自由に石集めができるようになり、面白かっただろう。盛岡近郊で賢治のハンマーにたたかれなかった山はないといわれた」

―中学2年の初登山以来、岩手山には何度も登ったとされる。

「盛岡中学校時代も、盛岡高等農林学校（現岩手大農学部）時代も卒業後は意にそぐわない家業を継がなければならない現実があった。うっ積した思いを抱えて登る日もあれば、親友の保阪嘉内《かない》と銀河を眺め、心の絆を強めた青春の山だったに違いない」

―高等農林時代の地質・土性調査などを経て、北上高地の山々に引かれていった。

「賢治は目の前にあるものから遠い記憶や未来の時空など異空間につながる感性を持つ人だった。基本的に古い地層が好きで、早池峰山や種山ケ原も地質年代的に古い北上高地にある。賢治はそこに人間の始原や先住民、古い信仰、郷土芸能などさまざまなものを感じ取ったのだろう」

「種山ケ原をイメージした詩『高原』の冒頭『海だべがど、おら、おもたれば／やつぱり光る山だたぢやい』は、単に草原が海のように見えただけではなく、賢治はそこにかつて海だったころの風景を見ていたと思う」

―幼いころ川で育まれた地学的な想像力はどんどん深化した。

「フルに発揮されたのが、北上川の白い泥岩層を英国の白亜の海岸に例えた『イギリス海岸』だろう。賢治はそこの地層が第三紀の終わりごろのものと知りつつ、恐竜らが弱肉強食の闘いを繰り広げた白亜紀のイメージに転化している」

―賢治の作品には「山男」が登場する。

「柳田国男の『遠野物語』は賢治が中学2年の時に刊行された。同書の影響も指摘されるが賢治が読んだ確証はない。柳田の山男は人をさらったりして怖いが、賢治の山男は無垢《むく》で決して人をだまさないデクノボーのような感じがある。貨幣経済は理解できないが平地人にはない能力を持ち、本質をとらえる姿を山奥で暮らす先住民に見たのだと思う」

―賢治は古里岩手をどう見ていたか。

「当時の沿岸は津波、目の前の農家は凶作で疲弊していた。自身は財閥の一族と呼ばれ、岩手は逃げたい場所だった。しかし約8カ月の東京暮らしを経て、都会に対するある種の絶望が生じてきたようだ。岩手に戻って出版した詩集『春と修羅』第一集の中の『原体剣舞連』には原体村（現奥州市江刺区）の剣舞の舞い手たちを『気圏の戦士わが朋たちよ』とここで共に戦う姿勢を打ち出した。童話集『注文の多い料理店』では賢治の理想の岩手、イーハトーブの概念が形づくられている」

―山や川に象徴される賢治の自然観とは。

「賢治が生きたのは山には山の、海には海の神様がいて、そこに住む人間は神々を敬い、山や海の恵みを採りすぎないという共同体の生活が壊れ始めた時代だった。『山猫＝先住民』が住む山に都会人が侵略してきたとも読める童話『注文の多い料理店』では、最終的に都会人は地元の猟師に助けられるという展開で、賢治の立場は確かに自然と共存するイーハトーブ側にある」

【うしざき・としや】　1954年花巻市生まれ。岩手大教育学部卒業後、78年花巻市役所入り。93年から宮沢賢治記念館およびイーハトーブ館に勤務、2015年退職。現在は非常勤職の副館長（学芸員）。84年より「劇団らあす」の活動を展開。61歳。

愛用の宿　一室を再現　花巻・「早池峰と賢治」の展示館

賢治の童話「猫の事務所」のモデルといわれる旧稗貫郡役所の建物を復元した花巻市大迫町の「『早池峰と賢治』の展示館」は、賢治が愛した早池峰山と大迫との関わりを紹介している。

館内は大迫での賢治の足跡や作品の舞台となった場所の写真、童話「風の又三郎」の中に登場するモリブデンの鉱石、「南部葉」と呼ばれた同地域特産の高級葉タバコの実物など貴重な資料が展示されている。

目玉は、稗貫郡地質・土性調査などで賢治が常宿とした旧石川旅館の一室を再現したコーナー。文語詩「土性調査慰労宴」「雪の宿」の題材となった同旅館での宴席の様子が当時の膳や調度品を使って紹介され、想像をかきたてる。

同館館長で「早池峰賢治の会」の浅沼利一郎館長（75）は「賢治は机上ではなく、実際に歩いて見たり聞いたりしたものを基に創作した。原風景の豊かさを体で感じてほしい」と願う。

第十六章　仕　事㊤

石川啄木と宮沢賢治は、さまざまな仕事に就きながら、創作に打ち込んだ。2人に共通の職業は教師。啄木は渋民尋常高等小学校（現渋民小）などで代用教員を、賢治は稗貫農学校（後に花巻農学校、現花巻農高）で教師を務めた。期間は長くなかったが、どちらも高い理想を掲げ、独創的な方法で情熱的に子どもたちを教えた。その教育実践は、今なお私たちに示唆を与える。

最先端の「人間」教育　啄木

啄木は生涯で2度、代用教員として教壇に立った。その教育実践は当時の最先端と評価され、現在もたたえられているという事実は、残念なことに、意外に知られていない。

古里の渋民尋常高等小学校で代用教員を務めたのは、1906（明治39）年4月からの約1年間。盛岡から渋民村（現盛岡市渋民）へと戻ったのは、宝徳寺住職を罷免された父一禎を復帰させるという目的があったが、教育にも意欲を燃やしていた。

当時の日記や評論には、崇高な教育の目的が掲げられている。

「余は余の理想の教育者である。余は日本一の代用教員である。（中略）詩人のみが真の教育者である」（06年4月28日の日記）

「教育の真の目的は、『人間』を作る事である。決して、学者や、技師や、事務家や、教師や、商人や、農夫や、官吏などを作る事ではない。何処までも『人間』を作る事である。唯『人間』を作る事である。これで沢山だ。智識を授けるなどは、真の教育の一小部分に過ぎぬ」（07年3月1日「盛岡中学校校友会雑誌」第9号「林中書」）

教育者啄木は、情熱を持って子どもたちを教えた。1890（明治23）年に教育勅語が発布され、画一的な教育が強いられる時代だったが、「自己流の教授法」を試みた。受け持ちの尋常科の授業のほかに、高等科の生徒には放課後に課外授業として英語を教えた。

また、夜ばいのような男女間の風習が高等科の生徒たちの間に広がるのを防ごうと、魂に訴えかけて改心させるという、今でいう性教育も行った。

国際啄木学会名誉会員で元会長の近藤典彦さん（77）は「戦後日本でも最先端の教育実践を、啄木はその40年も前にやっていた。当時の日本の小学校教員として、最高の教育実践だった」

と高く評価する。

「予は衷心から、天を仰いで感謝する。予に教へらるる小供等は、この日本の小供等のうち、最も幸福なものであると、予は確信する。そして又、かゝる小供等を教へつつ、彼等から、自分の教へる事よりも以上な或る教訓を得つつある予も亦、確かに世界の幸福なる一人であらう」

石川啄木記念館敷地内に移設された渋民尋常小学校の建物。手前右には子どもたちに囲まれる啄木の像が建っている＝盛岡市渋民

啄木は、代用教員としての喜びを日記にたびたび記す。

しかし、一禎の宝徳寺復帰はかなわなかった。1907（明治40）年4月1日、辞表を提出するが受理されなかったため、高等科の生徒とともに校長排斥のストライキを敢行。21日付で免職となった。

その後、一家離散して北海道函館へと渡った啄木は、6月から弥生尋常小学校（現弥生小）で2度目の代用教員となる。

8月中旬には小学校に在籍のままで函館日日新聞社の遊軍記者になる。同25日に函館が大火に見舞われて小学校も焼失。啄木は9月11日に辞表を提出し、函館を離れることとなった。

校長らの圧力に反発　作品に見る啄木

六月三十日、S―村尋常高等小学校の職員室では、今しも壁の掛時計が平常《いつも》の如く極めて活気のない懶《もの》うげな悲鳴をあげて、―恐らく此時計までが学校教師の単調なる生活に感化されたのであらう、―午後の第三時を報じた。

小説「雲は天才である」は、こう始まる。啄木自身をモデルにした主人公は21歳の代用教員新田《あらた》耕助。前半部分は、規則に縛られ圧力をかける校長らと、それに反発する新田らとの対立を描いている。

啄木は渋民尋常高等小学校の代用教員時代に、この作品を執筆。書き始めたころの日記に「これは欝勃《うつぼつ》たる革命的精神のまだ渾沌として青年の胸に渦巻いているのを書くのだ。題も構想も恐らく破天荒なものだ。革命の大破壊を報ずる暁の鐘である」と、壮大な構想を記している。

作品について、上田庄三郎は著書「青年教師　石川啄木」で「これは小説としての誇張はあるにしても、その後、半年にして爆発したストライキ事件は、校長派などの村の反対勢力にたいするとともに、日本の軍国主義教育にたいする体あたりの抵抗であった」と指摘している。

生徒が慕う熱血先生　賢治

実際問題、アルパカ、シラカンバ、千五百円のトラクター…。稗貫農学校の教師時代、賢治が生徒から付けられたあだ名だ。種類の多さは、賢治がいかにユニークな存在で生徒から慕われたかを物語るようだ。

1921（大正10）年12月、周囲の依頼や家族の賛同もあって同校教師となった賢治だが、当初はあまり乗り気ではなかったという。しかし13、14歳の少年たちの純粋さは賢治の心に希望の火をともしたようだ。

陸前高田市出身の元農業高教師で「証言宮澤賢治先生　イーハトーブ農学校の1580日」などの著書のある佐藤成《ひとし》さん

花巻農学校の跡地にある「ぎんどろ公園」内のギンドロの木。賢治は風に揺れるこの木の葉の輝きをこよなく愛した＝花巻市若葉町

花巻農学校の教壇に立つ宮沢賢治。黒板には花巻を中心とする地質断面図が描かれている。退職記念に撮影された（資料提供・林風舎）

（91）は「着任2カ月後の『精神歌』の創作が大きな転機となった」と指摘する。「生徒たちを励まそうと作った歌だが賢治自身の農業教師としての決意と抱負宣言の歌でもある。校歌にすることを断ったのもそのためだろう」と推察する。

英語、化学などの普通科目と、気象、作物などの農業科目を担当。教科書はほとんど使わず、頭でなく、体で覚えさせようと大事なところは繰り返し教えた。

あだ名の一つ「実際問題」は賢治の口癖で、「これは実際問題です、実際の問題ですからよく考えてください」と、現実に即して考えることを大事にした。

盛岡高等農林学校（現岩手大農学部）時代の親友保阪嘉内《かない》宛ての手紙に「学校で文芸を主張して居ります。芝居やをどりを主張して居りまする」と書いた賢治は放課後、生徒に自作の演劇を練習させたり、ダンスも教えたりした。

生徒指導も熱心だった。

賢治はある日、盗癖のある生徒を呼び出し、こう話し始めた。「お前とおれが先生と生徒になったのも何かの不思議な因縁だ。ならば今日から兄弟になろう。お金や物が欲しければ兄であるおれがやる」。涙を流して謝った生徒は、盗みをやめ明るくなったという。

別の生徒が盗みを働いた際は「自分が必ず生まれ変わらせます」と警察に懇願して不起訴とし、退学処分も取り消させた。晴れて卒業を迎えた生徒に賢治は樺太での就職を紹介。新調の背広を贈り旅立たせた。

生徒を通して、農村の実態に認識を深めた賢治は、期待をかけた教え子の多くが農業に従事しないことに失望する。一方、給料をもらって農業の大切さを説く身を「中ぶらりんな教師」

と自己批判し、26（同15）年3月に同校を辞職。科学と芸術を生かした新しい農村づくりを目指し、羅須地人協会の活動に踏み出す。

「この四ヶ年が／わたくしにどんなに楽しかったか／わたくしは毎日を／鳥のやうに教室でうたってくらした」（詩ノート付録「生徒諸君に寄せる」〔断章一〕）

賢治自身、天職と意識したかもしれない4年4カ月の教員生活。長くは続かないことを予期した妹のシゲさんは次のように語った。

「なぜかといいますと、兄さんは、いつも何かを求め、よりよいみちに進もう、新しい世界を作ろうとしていて、たくさんの広い世界を自分の中に持っておりましたから—。」（森荘已池著「宮沢賢治の肖像」）

農作業ユーモラスに　作品に見る賢治

くづれかかった煉瓦の肥溜の中にはビールのやうに泡がもりあがってゐます。さあ順番に桶に汲み込まう。そこらいっぱいこんなにひどく明るくて、ラヂウムよりももっとはげしく、そしてやさしい光の波が一生けん命一生けん命ふるえてゐるのに、いったいどんなものがきたなくてどんなものがわるいのでせうか（略）青ぞらいっぱい鳴ってゐるあのりんとした太陽マヂックの歌をお聴きなさい。

22（大正11）年春ごろの作品とされる童話「イーハトーボ農学校の春」より。肥だめからくんだ下肥を麦畑に運び、施肥する農学校の作業をユーモアあふれる筆致で描いている。

賢治は、思春期中葉の生徒たちが賢治の教えをどんどん吸収するように、砂土が「のどの乾いた子どもの水を呑むやうに肥を吸ひ込む」様子に感動している。

佐藤さんは賢治が初題の「太陽マヂック」から現題に改めたことについて「農学校教師としての自己確立がなされた春であり、稗貫農学校が、心の中で『イーハトーボ農学校』となっていったからだろう」と考察する。

第十七章　仕　事㊦

石川啄木と宮沢賢治は、紆余《うよ》曲折の職業体験の中から自らの使命に目覚めていった。それぞれ教員生活を送った後、啄木は北海道や東京の新聞社に勤め、歌壇の選者として活躍する一方、時代を見つめるジャーナリストとしての感性も磨いた。東北砕石工場の技師となった賢治は、理想と現実の間で悩みながら肥料の営業にのめり込み体を壊したが、病床で代表作「雨ニモマケズ」を生み出した。

鋭いジャーナリスト　啄木

啄木は詩人や歌人、教育者としてだけではなく、ジャーナリストとしても有能だった。そのスタートの地が北海道だった。

１９０７（明治40）年5月に故郷の渋民村（現盛岡市渋民）から函館に渡った啄木は8月18日、「函館日日新聞」遊軍記者となる。直後の25日に大火が発生し新聞社も焼失したため函館を離れる。

札幌の「北門新報」校正係を経て、10月に創刊する「小樽日報」記者となる。同社は内紛が絶えず、事務長から暴力を振るわれたことから12月に退社。翌年1月、「釧路新聞」に移り、3面主任となる。実質的な編集長格として、ようやくその才能を発揮する場を得た。

「こほりたるインクの罎《びん》を／火に翳《かざ》し／涙ながれぬともしびの下《もと》」

決して楽ではなかった釧路時代を「一握の砂」で、こう振り返っている。

やがて、上司への不満や中央文壇への憧れから上京を決意する。日記に「さらば」と釧路決別の辞を書き4月、家族を函館に置いて単身東京へ。小説を書

釧路新聞時代の集合写真から
啄木（中央）を拡大した写真

釧路新聞時代の啄木（後列左より８人目）ら（資料提供・石川啄木記念館）

いて生計を立てようとするもののうまくいかず、経済的に困窮を極めた。

同郷の「東京朝日新聞」編集長、佐藤北江（本名真一）に手紙を書き面接を経て09（明治42）年3月、同社の校正係に採用される。

啄木はここで「二葉亭全集」の校正に携わったり、歌人としての才能を買われて「朝日歌壇」選者に登用されるなど、活躍する。

前後して10（明治43）年6月、社会主義者の幸徳秋水らが逮捕されたことが報じられる。幸徳らが天皇暗殺を企てたとされた「大逆事件」に、啄木は深い関心を寄せる。

「東京朝日新聞社に勤めていたことは、事件をめぐる最新の情報に触れる上で大きな意味を持っていた」と指摘するのは、元国際啄木学会会長で天理大名誉教授の太田

啄木が校正係として勤めた東京朝日新聞の跡地に建つ歌碑。新聞社で働くことは、啄木にとって大きな意味を持っていた＝東京都中央区

登さん（69）。

啄木は社会主義に傾倒していく転換点に位置するとも言われる評論「所謂今度の事」「時代閉塞の現状」を書く。しかし、発売禁止処分を恐れた編集者の判断により、東京朝日新聞には掲載されなかった。

病魔に冒されていた晩年にも、日記には「岩手県にかえつて『農民の友』といふ週刊新聞を起すことを想像した」（11年5月7日）「『女に読ませる週刊新聞を出したい！』これがわたしのこのごろの空想の題目である」（同10月28日）などとつづる。時代の流れに鋭く反応していたことがうかがえる。

太田さんは「啄木は時代と社会、メディアとの関連性を熟知し、敏感だった。先天的に優れたジャーナリストだった」と、高く評価する。

天才主義からの脱却　作品に見る啄木

自分の机の上に、一つ済めば又一つといふ風に、後から後からと為事《しごと》の集つて来る時ほど、私の心臓の愉快に鼓動してゐる時はない。

啄木は、東京朝日新聞校正係として働いていた10（明治43）年6月、評論「硝子窓」でこう書いた。

一方で、こうも歌う。

「こころよく／我にはたらく仕事あれ／それを仕遂げて死なむと思ふ」（「一握の砂」）

啄木は、「為事」と「仕事」を、意識的に使い分けていたようだ。

太田さんは「真面目な勤労者として、生活のため『為事』をしなければならない暮らし方の中で、啄木が求める『仕事』とは、自分にしかできない生き方だった」とみる。

その上で「この時期の啄木は、実社会と文学的生活との間に身を置いていた。新聞社でメディア体験をすることにより天才主義から脱却し、晩年にかけては『為事』も『仕事』も両方必要だ、という考え方へと変わっていった」と強調する。

病自覚も肥料に情熱　賢治

1929（昭和4）年春、病床の賢治を1人の男性が訪ねた。東磐井郡松川村（現一関市東山町）で、東北砕石工場を営む鈴木東蔵《とうぞう》（1891～1961年）だった。

東蔵は、花巻の肥料店から注文が途絶えた理由を知るため、同店を訪問。聞くと宮沢賢治という「肥料の神様」が病気で倒れたためという。東蔵はその足で賢治を見舞ったのだった。

同郡長坂村（一関市東山町）の小農の子として生まれた東蔵は、村役場書記を勤める傍ら農村の救済策を提起する著書を出版した。役場を退職し、古里の地下資源に目を向けた東蔵は、小岩井農場が酸性土壌改良のため石灰岩の粉を求めていることを知り、24（大正13）年に東

東北砕石工場の工員たちと記念撮影をする宮沢賢治（後列右から４人目）。左隣が鈴木東蔵（資料提供・石と賢治のミュージアム）

北砕石工場を設立したが、製品の効用が知られず苦戦していた。

一方、盛岡高等農林学校（現岩手大農学部）で土壌学者の関豊太郎教授に学んだ賢治は、稗貫農学校（後に花巻農学校、現花巻農高）教諭時代から羅須地人協会時代まで、一貫して石灰の活用を考慮してきた。

24年には北海道への修学旅行で石灰の販売会社を見学し「早くかの北上山地の一角を砕き来りて我が荒涼たる洪積不良土に施与し」（修学旅行復命書）たいと表明している。

この2人について、一関市在住の作家佐藤竜一さん（57）は「共に理想家肌で石という共通の話題もある。天の配剤と言ってもよい出会い」と意義付ける。

その後、賢治は東蔵の広告文に関する相談に丁寧に回答。さらに「貴工場に対する献策」と題した書簡で、商品名を「炭酸石灰」とすることや販路拡大策など6項目にわたり提言する。

31年2月、正式に技師兼営業マンとなった賢治は、工員たちとも温かな関係を築いた。東蔵の長男実さん（故人）は自著「宮澤賢治と東山」に「賢治の帰った後の工場には、まことに異様なほどに賢治を慕う空気が残って」いたと書いている。

工員との連帯感は賢治に「この人たちのためにも」と奮起を促したようだ。病の再発を自覚しながら仕事にのめり込んでいった賢治は9月、商品見本を詰め込んだ重いトランクを抱えて上京し、高熱に倒れる。

「はたから見れば単なるセールスマンだったかもしれないが、賢治にしかできない仕事であり、賢治もそれを自覚していた」と一関市東山町の「石と賢治のミュージアム」元館長の伊藤良治さん（86）。

「ここで味わった辛苦が『ホメラレモセズ／クニモサレ』ない無名性、『デクノボー』的な存在として生きたいという祈りや願いにつながり、人間賢治の円熟をもたらした」と語る。

花巻に戻った賢治は約1カ月半後の11月3日、「雨ニモマケズ」を病床で記す。東蔵とは死の約1カ月前まで手紙をやりとりし、最後まで工場を案じていた。

宮沢賢治が技師として働いた旧東北砕石工場（左の建物）。内部は往時の製造の様子を紹介している

利潤追求に悩む日々　作品に見る賢治

あらたなる／よきみちを得しといふことは／たゞあらたなる／なやみのみちを得しと／いふのみ／このことむしろ正しくて／あかるからんと思ひしに／はやくもこゝにあらたなる／なやみぞつもりそめにけり／あゝいつの日かか弱なる／わが身恥なく／生くるを得んや

賢治が東北砕石工場技師時代に持ち歩いた「王冠印手帳」の詩想メモより。

「あらたなるよきみち」とは、砕石工場の技師として生きるということ。石灰粉の使用と普及は、賢治にとって農村改良の理念を実現する有効な手段だった。しかし現実は利潤追求に翻弄《ほんろう》され、疲労感にさいなまれる日々の始まりだった。

次ページには「肥料屋の用事を／もって／組合にさこそは／行くと／病めるがゆゑに／うらぎりしと／さこそは／ひとも唱へしか」とあり、斜線が引かれている。

大妻女子大の杉浦静教授（63）は「『うらぎり』という言葉は、羅須地人協会時代は無料で肥料設計していたのに、今は売りつけるのかと、賢治の変わり身に対して投げかけられているようだ。再起しようと選び取った場所は、亀裂のはざまだった」と指摘する。

第十八章　音　楽

石川啄木と宮沢賢治は音楽をこよなく愛した。西洋音楽を受容し、ワーグナーやベートーベンら作曲家に傾倒。啄木はオルガンやバイオリン、賢治はオルガンやチェロを弾き、ともに歌を作って教え子に歌わせた。音楽は2人の心をより豊かに潤し、その作品世界にも大きな影響を与えた。

ワーグナーに「共感」　啄木

啄木の日記や評論には、グノー、ハイドン、ロッシーニ、ヴェルディといった西洋の作曲家が登場する。

中でも最も興味を示していたのがワーグナー。天才と呼ばれながらも長く世に受け入れられなかった彼の人生に、自身の境遇を投影していたのだろうか。

盛岡中学校（現盛岡一高）を中退後、文学で身を立てようと上京するも挫折し帰郷した17歳で、再起を期す。ワーグナーについて書かれた英書や、ワーグナーを日本に紹介した姉崎嘲風《あねざきちょうふう》の書簡批評を参考に、その思想や宗教観などを論じようと評論「ワグネルの思想」を岩手日報に連載した。

初めて蓄音機でワーグナーの音楽を聴いたのは2年後の1905(明治38)年5月。仙台の詩人土井晩翠を訪ねた時のことだった。

「生命なき一ケの機械にすぎざれど、さすがにかの欧米の天に雷《らい》の如く響きわたりたる此等楽聖が深潭《しんたん》の胸をしぼりし天籟《てんらい》の遺韻をつたへて、耳まづしき我らにはこの一小機械子の声さへ、猶あたゝかき天苑の余光の如くにおぼえぬ」。随筆「閑天地」で、

啄木が渋民尋常高等小学校の代用教員時代に弾いたとみられるオルガン（石川啄木記念館所蔵）

その時の感動を記している。

日記にも「ワグネルの写真を取り出して床の間にかゝげた。この人相を見るだけでも教訓がある」（06年3月20日）とも書いており、尊敬の念がうかがえる。

啄木は、自身も楽器を演奏したり作詞した。帰郷後、渋民時代の日記に「村の学校を訪ひ、オルガン奏でゝ多少欝《うつ》を散するをえたり」などと記し、音楽に心を慰められることもあった。渋民尋常高等小学校（現渋民小）で代用教員をしていた時の日記にも「ヰオリンを弾く」「今日は一日ヰオリンの日」などとある（ヰオリンはバイオリン）。

06（同39）年7月1日には「校友歌」を作詞。第一高等学校（現東京大）の寮歌「緑もぞ濃き柏葉の」のメロ

啄木が作詞した歌が校歌として歌い継がれている渋民小。玄関横には校歌の歌碑が建っている＝盛岡市渋民

ディーで歌わせていたとされる。

07（同40）年の卒業生送別会の日の日記には自身がバイオリン、同僚の堀田秀子がオルガンを弾き、作詞した「別れ」の歌を高等科の女子生徒5人に合唱させたことが書かれている。滝廉太郎の「荒城の月」のメロディーにのせたこの歌について「この日最も美しい聴物であつた」と振り返っている。

石川啄木記念館学芸員の佐々木裕貴子さん（34）は「啄木の妻節子は、盛岡女学校（現盛岡白百合学園高）在学中にはピアノやバイオリン、長じては琴も演奏した。啄木は節子の影響で音楽に傾倒したのではないか」と推察する。

啄木に引かれる音楽家も多い。東京フィルハーモニー交響楽団名誉指揮者で東京芸術大名誉教授の大町陽一郎さん（84）は、文学少女だった母親の旧姓が「石川」だったこともあり、啄木の詩歌に子どものころから親しみ、93年の国際啄木学会北海道大会にも足を運んだ。

大町さんは「私が一番好きな作曲家のシューベルトも啄木も自然をめで、それを歌っている。ロマンチックで孤独。二人の感性は共通している」と指摘する。

戦後歌謡曲にも影響　作品に見る啄木

春まだ浅く月若き
生命《いのち》の森の夜の香に
あくがれ出でて我が魂《たま》の
夢むともなく夢むれば……

啄木が1906（明治39）年、渋民尋常小学校の代用教員時代に書いた小説「雲は天才である」の中で作詞した歌。

「S―村尋常高等小学校」代用教員新田《あらた》耕助を主人公としたこの物語で、新田が自作の歌を教え、子どもたちが歌う場面がある。

この歌は「春まだ浅く」という題で、後に清瀬保二と古賀政男により曲が付けられた。清瀬が作曲したものは、渋民小の校歌として歌い継がれており、古賀のものは盛岡市の時報チャイムとして市民に親しまれている。

また、戦後の現代歌謡曲には啄木との類似性が指摘されている作品も多い。国際啄木学会会長の池田功さん(58)は、著書「石川啄木入門」で、石原裕次郎「錆びたナイフ」、橋幸夫「孤独のブルース」、谷村新司の「昴」といった戦後の歌謡曲が、啄木の影響を受けていると指摘している。

鑑賞、演奏　創作の糧に　賢治

りんと立て立て青い槍の葉／そらはエレキのしろい網／かげとひかりの六月の底／気圏日本の青野原

（「青い槍の葉（〔mental　sketch　modified〕）」より）

賢治は稗貫農学校（花巻農学校、現花巻農高）の教師時代、この詩に軽快な節をつけ、田植え実習をする生徒たちに歌わせた（佐藤成《ひとし》著「証言宮澤賢治先生　イーハトーブ農学校の1580日」）。泥田の中の作業も、楽しく喜びに満ちたものとなったに違いない。

1921（大正10）年12月、農学校教師となった賢治は「精神歌」をはじめ、応援歌、劇中歌などを作って生徒たちを元気付けた。文部省（当時）が24（同13）年に学校劇禁止令を出してからは音楽団をつくり、合奏も試みた。編成は、バイオリンやチェロ、琴、ハーモニカ、口笛、シロフォン、オルガンなどとユニークだった。

花巻高等女学校（現花巻南高）の音楽教諭、藤原嘉藤治《かとうじ》（1896～1977年）との交友も大きな刺激となったようだ。

藤原はピアノやバイオリン、チェロを演奏し、賢治に楽典を教えた。定収入のあったこのころ、賢治のレコード収集熱は高まり、藤原とレコードコンサートを開き、ユーモアあふれる解説で参加者を楽しませた。

賢治が最も敬愛する作曲家はベートーベンだったという。弟清六さん（故人）は、交響曲第5番「運命」を聴いた賢治が「繰り返し繰り返し我らを訪れる運命の表現の素晴らしさ。おれも是非共こういうものを書かねばならない」と言いながら書き始めたのが『春と修羅』である」（「兄のトランク」）と回想した。

「精神歌」完成を記念して撮影した写真。右から賢治、稗貫農学校の同僚の堀籠文之進、友人で作曲者の川村悟郎（資料提供・林風舎）

「宮澤賢治の聴いたクラシック」の著者で音楽評論家の萩谷《はぎや》由喜子さんは、心象スケッチ「春と修羅」中の「修羅は樹林に交響し」に注目。「『シンフォニー』の和訳『交響曲』を発案したのは森鷗外だが、それを賢治が『交響し』と動詞化したのはベートーベンの交響曲、中でも『運命』から受けた強い霊感によるものではないか」と柔軟な発想に感じ入る。

農学校退職を目前にした26（大正15）年3月、賢治は同校の一室で没後100年を記念し「ベートーベン百年祭レコードコンサート」を開き参加者と豊かな時間を分かち合った。

芸術活動を大きな柱とした羅須地人協会時代には、東京でオルガンとチェロの個人レッスンも受けた。

チェロを習った新交響楽団（現NHK交響楽団）の大津三郎（故人）には「エスペラントの詩を書きたいので、朗誦伴奏にと思ってオルガンを自習しましたが、どうもオルガンよりセロの方がよいように思いますので」と語ったという。

晩年、賢治は花巻クワルテットのメンバーとして盛岡で演奏する藤原の穴開きチェロと、自身のチェロを交換した。賢治の家に残った穴開きチェロは花巻空襲で焼けたが、賢治のチェロは藤原が戦火から守った。

数奇な運命をたどったチェロは今、花巻市の宮沢賢治記念館に収められている。

妹トシ愛用のバイオリンとともに並ぶ賢治のチェロ（左）＝花巻市矢沢・宮沢賢治記念館

生活経験注ぐ「分身」　作品に見る賢治

おいゴーシュ君。君には困るんだがなあ。表情といふことがまるでできてない。怒るも喜ぶも感情といふものがさっぱり出ないんだ。それにどうしてもぴたっと外の楽器と合はないもなあ。

童話「セロ弾きのゴーシュ」より

チェロ奏者のゴーシュは音楽会を控えた金星音楽団の練習で楽長に叱責《しっせき》される。その日から夜通し猛練習に励むゴーシュの元を猫やカッコウ、子ダヌキ、野ネズミが訪れる。当初は煩わしく感じた訪問はそれぞれ、ゴーシュが気づかなかった大切なものを教える。

賢治が上京し、オルガンのレッスンを受けた数寄屋橋近くの建物は、新交響楽団の練習場だった。本作はそこで見た練習風景も生かされているともいわれる。

「宮沢賢治の音楽」の著者でリードオルガン研究家の佐藤泰平さん（80）は本作品について「自然への憧れや、音楽に対する愛着や理想に満ち、賢治の芸術観、宗教観をも包み込んでいる」と指摘。「音楽的な生活経験から学んだ全てを注ぎ込み、自身の分身のように書き残しておきたかった作品のように思える」と鑑賞する。

第十九章　お　金

全く違う環境に生まれ育ち、金銭感覚もまるで異なる石川啄木と宮沢賢治。啄木は一家の大黒柱として貧苦と闘いながら作家活動を行うが軌道に乗らず、借金を重ねた。理財にたけた父政次郎の下で不自由のない生活を送った賢治は自身の境遇の矛盾に悩みながら、不幸な境遇の人の救済に思いをはせた。

多額借金　メモに詳細　啄木

「嘘つき、甘《あま》ちゃん、借金王、生活破綻者、傍《はた》迷惑、漁色家、お道化者《どけもの》、天才気取り、謀叛好き、泣き虫、生意気、ほとんど詐欺師、忘恩の徒、何もしないで日記ばかりつけていた怠け者（中略）石川啄木という人物は、じつにさまざまな不名誉きわまりない異名の持主です」

作家・劇作家の故井上ひさしさんは啄木について、エッセーでこう表現している。世間的なイメージも、ここまで悪くなくても近いものかもしれない。

函館に家族を残し東京へ出てきた啄木は、小説を書いても原稿は売れず、自殺も頭をよぎる生活の中、友人らに借金を重ねる。「ローマ字日記」には「いくらかの金のある時、予は何のためろうことなく、かの、みだらな声に満ちた、狭い、きたない町に行った」と、私娼窟《ししょうくつ》へ行ったことが書かれている。

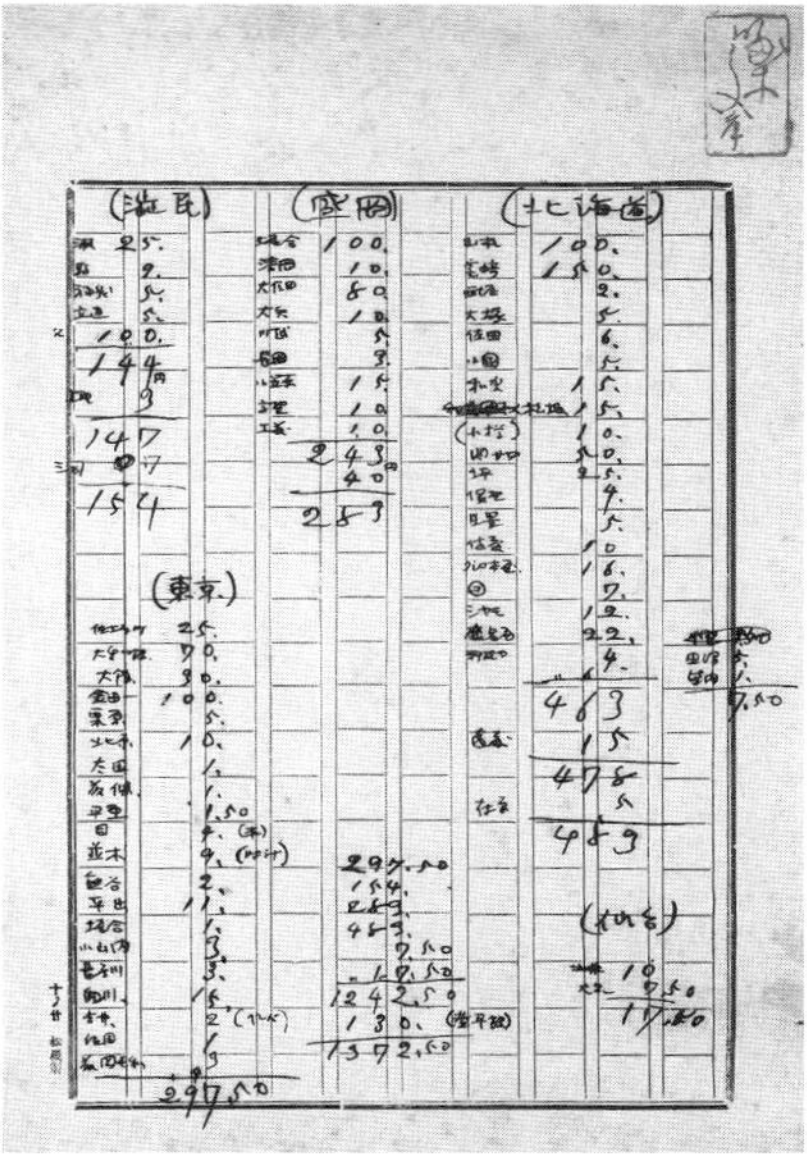

啄木が残した「借金メモ」。1372円50銭に上る借金が、詳細に書かれている（函館市中央図書館啄木文庫所蔵）

国際啄木学会名誉会員で元会長の近藤典彦さん（77）は「啄木は父一禎から、金を持つと後先構わずに使うといった金銭感覚をはじめ、生業（会社勤め）の軽視、家族扶養義務の軽視、人間観、責任と直視の回避、といった影響を受けた」とみる。

では啄木は、どのように借金を正当化したのか。

「啄木は、立ちはだかる世間に対し、自分こそは子どものような清らかな心を失わずに生きていく、という生活の原理『小児の心』を生み出した。この思想を『天才主義』に取り込み、多額の借金や踏み倒し、それに伴ううそといった金銭面でも、これを実行した」と近藤さん。独自の論理に基づき生活した結果、啄木は「金にだらしのない男」と称されることとなる。

一方で近藤さんは「全借金を返済することも、真面目に考えていた」と、啄木が残したいわゆる「借金メモ」の存在を挙げる。

（北海道）山本100、宮崎150…（盛岡）堀合100…（東京）金田一100…。

63人分（下宿屋、料亭も含む）、総額1372

啄木が勤務し収入を得ることができた東京朝日新聞社跡地に建つ歌碑。裏側には啄木にちなみキツツキをあしらっている＝東京都中央区

円50銭にも上る詳細なメモには、04（明治37）年の暮れから09（同42）年秋までの記録が残されている。同学会会長の池田功さんが著した「石川啄木入門」では、計算方法により異なるものの「現在の五四八万円〜一九〇八万円」に相当するという結果を示している。

金を貸していた親友の金田一京助は「啄木は、払える機会が来たら払おうとしたから、一々これを書き並べているのだと、私には、この一枚の借金表に泣けたのである」（「金田一京助全集」第13巻「啄木の悪徳」）と感心している。

同年3月から東京朝日新聞に校正係として勤め、月給25円を得るが、それまでの下宿料や友人への返済、自身や家族の病もあり、亡くなるまで貧苦は続いた。

冒頭のエッセーで井上さんは、晩年の啄木のすごさをこう記す。「どんな時代の人間も、人間であるかぎり、必ずぶつかるにちがいない実人生の苦しみのかずかずを、すべてはっきりと云い当てて列挙して行ってくれた人」

生活の不安　恐怖心に　作品に見る啄木

わが抱く思想はすべて
金なきに因するごとし
秋の風吹く

「一握の砂」に収められているこの歌が書かれたのは10（明治43）年9月9日のこと。近藤さんはこの歌を「私が抱く日本の社会制度、経済制度、政治制度などに関するもろもろの見解は、すべて金のないことに原因するようだ。秋の風が吹いている」と解釈する。

日記を読むと、この年12月には東京朝日新聞の賞与や稿料などで収入が165円65銭あったことが分かる。近藤さんは「『啄木イコール貧乏』という公式が確立しているため、歌を作った当時も低収入と思われがちだが、そうではない。貧乏というほどではなかった」と指摘する。

しかし、啄木は一家5人の生活費を担っていただけではなく家族の病院や薬代、10月に生まれ24日後に亡くなった長男の出産や葬式代、蓋平館《がいへいかん》など滞納していた下宿代返済といった、収入を上回る支出があった。

この頃に宮崎郁雨に宛てた手紙には「生活の不安は僕には既に恐怖になつた、若しかうしてゐて老人でも不意に死んだらどうして葬式を出さう、そんな事を考へて眠られない事すらある」と、金がないことからくる恐怖心を明かしている。

貧しい人へ救済の手　賢治

質・古着商は貧しい庶民が相手のため、よほど手堅く商売し、倹約に努めないと財を成せない。跡取り息子の賢治は金銭に厳しくしつけられたようだ。寄宿舎生活を送った盛岡中学校（現盛岡一高）時代、金銭の出納を詳しく報告する手紙を父政次郎に出している。

政次郎は書物の購入には寛容だった。しかし盛岡高等農林学校（現岩手大農学部）に入った賢治が高価な専門書を求めても熟読する様子がないのでとがめると賢治は「本当に読んだ。どこでも聞いてください、答えます」と開き直ったこともあった。

同校を出た賢治が嫌々家の店番をしていたころは困った人に規定以上のお金を貸し、動かない時計まで質草として預かった。利用客にとって神様のような賢治だが、政次郎にとってはハラハラの連続だったろう。

一方、賢治は政次郎に代わり株の売買に携わったこともあり経済の仕組みは十分理解していた。高農時代の親友保阪嘉内《かない》宛て書簡にも、宮沢家が株の配当を得ていることに触れている。

短い生涯の中で、最も生活に必死だったと思われるのは家人を改宗させるため無断上京した

1921（大正10）年の数カ月間だろう。

小さな出版社で働き口を見つけた賢治は、同年代の親類関徳弥に宛てた1月30日付の手紙に「月十二円なら何年でもやって見せる」と強い意志をみなぎらせた。ところが4月に政次郎と関西旅行に出掛けてから緊張関係が和らいだのか、7月13日付の手紙には「うちから金も大分貰ひましたよ」とつづっている。

盛岡中学校4年時の賢治。中学以降、金銭の出納を父政次郎に手紙で報告していた。写真に書かれているのは賢治自筆の短歌（資料提供・林風舎）

稗貫農学校（後の花巻農学校、現花巻農高）教員時代は当初80円、退職時は130円の高給を手にした。佐藤司著「今日の賢治先生」によると、このほか70～100円の賞与も得た。相当な額だったはずだが、賢治はすぐに使い果たす。本やレコードの購入、同僚との飲食のほか、貧しい生徒など困っている人を助けるために使い、妹クニにまでお金を無心したという。

病気退職した同僚には死去まで1年間、月30円を届けた。当初は感謝されたが徐々に売名行為を疑われ、別の人の名で送り続けた。

生徒の就職依頼で樺太に出掛けた際は、招かれた料亭で所持金全てを芸者にあげてしまい、身の回りの物を売ってようやく帰ってきたという失敗談もある。

自費出版した心象スケッチ「春と修羅」第一集、童話集「注文の多い料理店」は、トラブル続きで予算を大幅にオーバー。本も売れず、赤字の穴埋めは政次郎頼みとなった。

賢治が収入を生活費に回さず、子どもが小遣いを使い切るような生活をしたことについて、大東文化大文学部（埼玉県）の千葉一幹《かずみき》教授（54）は「親から受けた恩愛を、子へと受け渡すのではなく、『すべてのいきもののほんたうの幸福』（「手紙四」）へと振り向けようとした。政次郎や家から最後まで離脱しない人生を歩んだのも、子どもの立場にとどまることをあえて賢治が選んだからだと思う」と分析する。

貨幣の媒介性を嫌悪　作品に見る賢治

いくら物価の安いときだって熊の毛皮二枚で二円はあんまり安いと誰でも思ふ（略）けれども日本では狐けんといふものもあって（略）熊は小十郎にやられ小十郎が旦那にやられる。旦那は町のみんなの中にゐるからなかなか熊に食はれない。

童話「なめとこ山の熊」より

なめとこ山の猟師、淵沢小十郎は家族を養うため、仕方なくクマを殺していた。「てめえも熊に生れたが因果ならおれもこんな商売が因果だ。やい。この次には熊なんぞに生れなよ」と自身の業を自覚する小十郎はクマたちに好かれていた。

ある日、小十郎に自分を殺す理由を尋ねたクマは、約束通り2年後に小十郎の家の前で死んでいた。小十郎もその後、過ってクマに殺されるが、その死はクマたちに深く悼まれる。

引用部分はクマの毛皮と胆《い》を売りに来た小十郎が、町の荒物屋の旦那に安く買いたたかれる場面。千葉教授は「小十郎にとってクマの死は米やみそを手に入れるための手段にすぎない。賢治は他者を単なる手段と化す貨幣の媒介性を嫌悪した。クマと小十郎の投げ出された体はその無償性ゆえに聖性を帯びている」と考察する。

第二十章　東　京㊤

たびたび東京で生活した石川啄木と宮沢賢治。啄木は文学で身を立てることを目指したが挫折、古里の自然や恋人らに癒やされて再起を目指した。賢治もさまざまな理由で上京するが、最も長く滞在したのは、信仰を貫くために家を飛び出した時だった。大都会東京は、２人の作品と人生に大きな影響を与えた。

「文学で成功」に挫折　啄木

啄木は、３度にわたり東京で暮らした。

１度目は「明星」に歌が掲載された後の１９０２（明治35）年10月。16歳で盛岡中学校（現盛岡一高）を中退し、文学で身を立てるべく上京する。

「運命の神は常に天外より落ち来つて人生の進路を左右す。我もこ度其無辺際の翼に乗りて自らが記し行く鋼鉄板上の伝記の道に一展開を示せり。」

この一文から始まる日記「秋韷笛語《しゅうらくてきご》」には、当時の決意が自分を鼓舞する漢文調でつづられており、意気揚々とした啄木の決意が伝わってくる。

甲南大（神戸市）文学部教授の木股知史《きまたさとし》さん（64）は「日露戦争の前、富国強兵策により東京には軍需工場などが建ち、人口が一極集中していた。当時の高等女学校では副読本を用いて東京について学んでいたほど。啄木は、実業界で成功するがごとく、東京に出て文学で成功しようと考えていた」と背景を解説する。

啄木は、盛岡中学校の先輩で上京の相談もしていた細越夏村《ほそごえかそん》（本名省一）の下宿近くの小石川区（現文京区音羽）の大館みつ方に止宿。日

啄木が盛岡中学校を中退し、文学で身を立てるために上京した際の下宿跡周辺。日記には「眺望大に良し」とつづった＝東京都文京区

記には東京新詩社の会合に出たり、与謝野鉄幹・晶子の自宅を訪問したり、英語の本を翻訳したことなどがつづられている。

11月下旬からは体調不良を思わせる言葉が目立ち、12月19日の「日記の筆を断つこと茲《ここ》に十六日、その間殆んど回顧の涙と俗事の繁忙とにてすぐしたり」という記述で日記は終わる。

中学校編入や就職を試みるも、いずれも失敗。経済的にも困窮して翌年2月、迎えに来た父一禎とともに渋民村（現盛岡市渋民）へと帰る。

詩人野口米次郎へ宛てた後の手紙で啄木は、この青春時代の挫折を「深酷な人生の苦痛」とし、帰郷後の10カ月間については「私に取つて尤も暗惨たる、また重大なる時日でありました」と打ち明けている。

恋人で後の妻となる節子や鉄幹に励まされ病と心の傷が癒えた啄木は03（明治36）年5月、「岩手日報」に評論「ワグネルの思想」を連載。また、最初の詩稿ノート「EBB　AND　FLOW」を作成し、さまざまな雑誌に詩を発表するようになる。

こうした創作活動が、2度目の上京につながる。05（明治38）年10月、詩集を出版して節子との結婚費用を捻出するために再び東京へ赴く。

2度目の上京の帰途、仙台で啄木（左）が盛岡中学校時代の友人猪狩見龍（中）、小林茂雄（右）とともに撮った写真。小林は「あこがれ」を手にしている＝1905（明治38）年5月（資料提供・石川啄木記念館）

翌年5月、盛岡高等小学校（現下橋中）時代の級友小田島真平《しんぺい》の兄尚三《なおぞう》が日露戦争に出征する記念として出資し、第一詩集「あこがれ」が発行された。しかし、ほとんど売れなかったという。

啄木は盛岡へと帰り、06（明治39）年4月からは母校、渋民尋常高等小学校（現渋民小）代用教員となる。

3度目の上京を果たすのは、代用教員を免職されて北海道・函館へと渡り、札幌、小樽、釧路と漂泊した後の08（明治41）年4月のこととなる。

不自然な欲望見抜く　作品に見る啄木

考へれば、
ほんとに欲しと思ふこと有るやうで無し。
煙管《きせる》をみがく。

「悲しき玩具」に収められたこの歌の初出は1911（明治44）年の「早稲田文学」。「本当にほしいと欲求するものは、あるようでいてない」と、煙管を磨きながら考える様子を表現している。

木股さんは「この歌は平易ながら、思想はとても深い」と鑑賞する。

啄木が上京した明治中期から大正中期までの約30年間は、山手線内側の人口は約300万人で「経済的テイクオフ」とも言われる。そうした時代の中、啄木は都市の人々の欲望を見つめる。

「商品として販売されているものには消費の欲望をかき立てられる。しかし、それが本当にほしいものかというと、どうもそうではないような気がする。生活に備わっている理性のようなもので、市場社会によってつくられた欲望の不自然さを見抜いている」と、啄木の視点の鋭さを読み取る。

父と対立　無断で上京　賢治

1921（大正10）年1月23日、賢治は親に無断で上京した。前年、日蓮主義の宗教団体「国柱会」に入った賢治は、浄土真宗の篤信家である父政次郎と激しく対立。家族を改宗させられない賢治の背中に2冊の教典が棚から落ち「さあもう今だ」と普段着の紺がすりの筒袖のまま夜汽車に飛び乗った。

翌朝、上野に着いた賢治は上野桜木町（現東京都台東区根岸）の国柱会館を訪れ、下足番でも何でもするから置いてほしいと頼むが断られる。仕方なく丸善に予約していた本を解約して得た30円ほどを手に、賢治は本郷菊坂（現文京区本郷四丁目）の下宿に落ち着く。

翌日、東京帝大（現東京大）赤門前で帝大生の講義ノートを印刷する出版社・文信社に就職。「さあ、こゝで種を蒔きますぞ」（関徳弥宛て書簡）と、日中は校正やガリ切り、夜は国柱会で奉仕活動に励んだ。

在京中、賢治は国柱会の理事・講師高知尾智耀《たかちおちょう》に法華文学の創作を勧められ、猛然と執筆に取り組んだとされる。

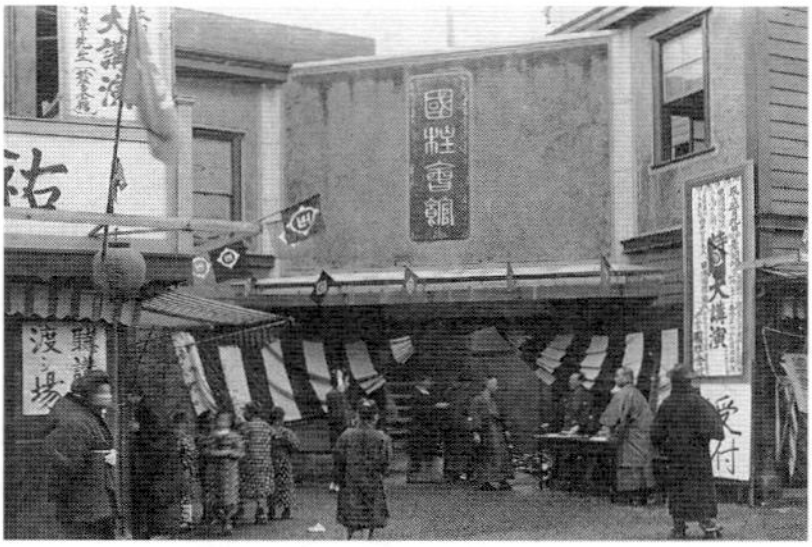

1921年の在京中、賢治が奉仕活動に足繁く通った旧国柱会館＝東京都台東区根岸１丁目（資料提供・宗教法人国柱会）

高知尾は著書「わが信仰わが安心」の中で、賢治に勧めたのが法華文学という形だったか「明確な記憶はない」が、法華経や信仰そのものを扱うということではなく、「正しい信仰をもった作者が、その信仰のやむにやまれぬ発露として表現された芸術的作品を、法華文学といったように思う」と回想する。

文信社には、帝大生で後に反骨のジャーナリスト、釜石市長として活躍した鈴木東民（１８９５〜１９７９年）もアルバイトしていた。鈴木の母は当時花巻の実家にいたこともあり、２人は急速に親しくなった。

鈴木の記憶に刻まれた賢治はいつも風呂敷に包んだ原稿を腰にぶら下げ、「もしこれが出版されたら、いまの日本の文壇を驚倒させる」「必ずその時が来るのを信じている」と目を輝かせ、気迫にあふれていた。

賢治の創作に関わる話として、当時谷中に住んでいた友人阿部孝（故人）の次のような証言がある。

ある秋晴れの日。阿部の下宿に現れた賢治は本棚にあった萩原朔太郎の詩集「月に吠える」

を読み、目に異様な輝きが宿ったという。それから1年後、郷里で賢治に詩の原稿を見せられた阿部が「ばかに朔太郎ばりじゃないか」と言うと、賢治は照れた時の癖で「さっとあからめた顔をぶるぶるっとふるわせながら、『図星をさされた』と悲痛な声をあげた」という。

37年間の生涯の中で賢治は9回上京したとされる。最初は盛岡高等農林学校(現岩手大農学部)の修学旅行、続いてドイツ語講習会参加、父の商用代理、トシの看病などがあり、最後は東北砕石工場の営業促進のためと全て動機が異なる。

一関市の作家で「宮沢賢治の東京~東北から何を見たか」の著者佐藤竜一さん(58)は「賢治は東京という異境を訪れることで自分を確認できた」と考察。その5回目に当たり、滞在期間は約8カ月間と最も長かった21年の無断上京を「賢治の作家願望が強く刺激され、その後の人生の大きな転機となった大事な年」と位置付ける。

高知尾智耀(資料提供・宗教法人国柱会)

方言で苦労　体験基に　作品に見る賢治

平太はいろいろ考へた〔末〕二十円の大きな大きな革のトランクを買ひました。けれどももちろん平太には一張羅の着てゐる麻服があるばかり他に入れるやうなものは何もありませんでしたから親方に頼んで板の上に引いた要らない絵図を三十枚ばかり貰ってぎっしりそれに詰めました。（こんなことはごく稀れです。）

※〔　〕内は全集編集者の推定。

生前未発表で、23（大正12）年ごろの執筆とされる童話「革トランク」より

楢岡の町の工学校を卒業した平太は父が村長を務める村で建築設計事務所を開業する。すぐに注文が来るが完成したのは廊下のない分教場や、はしごのない消防小屋。東京に逃げた平太は「エレベータやエスカレータの研究の為」「参り候」と手紙を出す。ようやく工事監督となった平太は母病気の報に帰郷する。東京生活の証しとして購入した革トランクと共に。

方言が理解されず、平太は仕事探しにも苦労する。この作品は賢治の無断上京の体験が下敷きになっている。佐藤さんは「当時はまだ珍しい建築設計士が造った建築物に触れた賢治の興味も反映されている」と指摘する。

第二十一章　東　京㊦

地方に生まれた石川啄木と宮沢賢治にとって、あこがれの地だった東京。自らの文学の真価を見極めたかった啄木は北海道から再度上京。貧しさに苦しみながらも、都市の孤独や望郷を歌い、共感を集める。妹トシの病気で花巻に戻った賢治は、古里の価値を新たな目で見つめ直した。岩手の自然を舞台にした童話をつくるとともに、古里を理想郷にしようと、知識と技術を得るためにたびたび上京した。

孤独、望郷の念　歌に　啄木

「夜、例の如く東京病が起つた。（中略）東京に行きたい、無暗に東京に行きたい。怎《どう》せ貧乏するにも北海道まで来て貧乏してるよりは東京で貧乏した方がよい。東京だ、東京だ、東京に限ると滅茶苦茶に考へる」

啄木は北海道で日記にこうつづる。自ら「病」と例えるほど、上京を切望する気持ちは抑え難かった。

1908（明治41）年4月、家族を北海道・函館に残して22歳で上京。森鷗外へ宛てた手紙に「いかにしても今一度、是非に今一度、東京に出て自らの文学的運命を極度まで試験せねば」と記し、固い決心を伝えている。

鷗外をはじめ伊藤左千夫、長塚節、真山青果ら、当時の小説家が作品の舞台の多くに選んでいたのが東京。啄木も、中央文壇で小説を書くことにこだわった。

本郷区菊坂町（現文京区本郷）にある下宿、赤心館に金田一京助と同宿し、上京1カ月あまりで「病院の窓」「菊池君」など6作品を仕上げ、売り込みに奔走するも失敗。そうした挫折を短歌を作ることで紛らわし、3日間でおよそ250首をつくったこともあった。

金銭的に困窮し、金田一と2人で9月には同区森川町（同）の蓋平館別荘へと移る。11月から59回にわたり東京毎日新聞で小説「鳥影《ちょうえい》」を連載したものの反響はほとんどなかった。

甲南大（神戸市）文学部教授の木股知史《きまたさとし》さん（64）は「純文学の小説家が文学だけで食べていけるようになるのは19（大正8）年ごろと言われている。啄木が文学だけで身を立てようとしたのは無理があった」と分析する。

啄木一家が間借りしていた理髪店「喜之床」。博物館明治村に移設されており、当時の雰囲気を伝えている＝愛知県犬山市

啄木は09（明治42）年3月から、東京朝日新聞で校正係として働きはじめる。6月には妻子と母が上京。同区本郷弓町（現文京区本郷）の理髪店「喜之床《きのとこ》」2階で暮らしはじめる。

10（明治43）年には第一歌集「一握の砂」を刊行。収められている望郷や都市での孤独を詠んだ歌の数々は、多くの共感を集め読み継がれる。

木股さんは「この時代、夢を持って東京に行った青年たちが大勢いた。啄木の文学は、作品に共感するそうした無名の青年たちの存在に気付かせ、照らし出している」と強調する。

晩年には病のため出社できず、病魔は家族にも及ぶ。11（明治44）年8月、小石川区久堅町（現文京区小石川）へと転居。12年（明治45）年2月20日を最後に、日記の記述も途絶える。母が亡くなった約1カ月後の4月13日、26歳で人生の幕を閉じた。

啄木が苦悩の日々の中から生み出した作品の数々は時代や国境を越えて今なお、私たちの心を打つ。だがもし、東京に出なかったとしたら――。

「今のように作品が知られることはなかったかもしれないが、地域でそれなりに充実した生活を送ったのではないか。名を残す代わりに、その土地の文化に関わり、長生きしたかもしれない」。木股さんはこう、想像を膨らませる。

小説に街の情景描写　作品に見る啄木

『驚いたね。高橋君が活動写真を見るたあ思はなかつた。―それで何か、君は言葉を懸けたんか？』

『懸けようと思つたさ。然し何しろ四間も、五間も離れてるしね。中へ入つて行かうたつて、彼《あ》の通りぎつしりだから入れやしないんだ。汗はだくだく流れるしね。よく彼んな処の中央《まんなか》へ入つてるもんだと思つたよ。』

啄木が1910（明治43）年5～6月に執筆した小説「我等《われら》の一団と彼」第二十五回より

T―新聞社を舞台に、「学問党」と称し改革をうたう社会部記者のグループ「我等の一団」に、途中から加わった中年記者高橋彦太郎と、メンバー「私」との心理的交渉が、対話形式で描かれている。

木股さんは「作品の中に活動写真館が登場するなど、東京の街を描写しようと試みている」と、啄木の小説家としての可能性を見いだす。

「若し僕にも一度これを書き直す時間が有るとすれば、これは僕が今迄に於て最も自信ある作だ」と、啄木が手紙に書いたこの作品は、土岐哀果（本名・善麿）の尽力で、死後、読売新聞に連載された。

理想郷願い深く学ぶ　賢治

「トシ　ビョウキ　スグ　カヘレ」。1921（大正10）年8月ごろ、妹トシの病気を知らせる電報に賢治は急いで帰郷した。約8カ月の東京生活で作家としての自身の使命を確信した賢治の創作熱はその後も衰えず、9編を収録する童話集「注文の多い料理店」のうち、7編が帰郷後から年末までに書かれている。

26（昭和元）年12月の上京は、羅須地人協会の活動に必要な知識や技術を短期間で身に付ける覚悟で臨んだようだ。花巻駅に見送りにきた教え子に「今度はおれもしんけんだ、とにかくおれはやる」と伝え、チェロを抱えて汽車に乗り込んだ。

神田錦町の下宿、上州屋に約1カ月間、間借りした賢治

賢治が上京のたびに利用した旧帝国図書館（現国際子ども図書館）の内部。同館での体験を基に短編「図書館幻想」などの作品を書いた＝東京都台東区上野公園

は毎日午後2時ごろまで上野の図書館で調べものをし、神田のタイピスト学校で英文タイプを、数寄屋橋近くの新交響楽団でオルガンを、丸の内の丸ビル内でエスペラント語を習っている。

このほか荏原《えばら》郡調布村（現大田区）の大津三郎宅で3日連続して午前6時半から2時間、計6時間の早朝チェロ特訓を受けるなど過密な日程を懸命にこなしている。

資金を援助をしてくれた父政次郎には寸暇を惜しみ習得に励む日々を手紙で報告。「どうか遊び仕事だと思はないでくださいい」と懇願し、「実にこの十日はそちらで一ヶ年の努力に相当した効果を与へました」と成果をつづっている。

この滞京中、賢治はタイピスト学校で友達になったインド人の紹介で東京国際倶楽部の集会に参加。フィンランドの言語学者グスタフ・ヨン・ラムステッドの講演を聴く機会にも恵まれた。物質文明を排し、新しい農民文化をうちたてるという内容に感銘を受けた賢治は、農村の方言の問題について助言を受けたほか、「やはり著述はエスペラントによるのが一番だ」といわれ、学習意欲を高めた。

エスペラントは、習得が容易な人工語としてポーランドで誕生。当時の日本では新渡戸稲造や柳田国男らが国際語として普及する運動の先頭に立っていた。

賢治のエスペラント志向について、一関市の作家佐藤竜一さん（58）は「東京生活を断念した賢治は古里の価値を転換する必要に迫られ、イーハトーブという架空の地名をつくり出して理想郷として宣言し、厳しい現実を変えようとした」と指摘。さらに「この言語が持つ平和思想に共鳴し、作品中の地名をエスペラント化することで世界で読まれる普遍性を獲得したかったのだと思う」と考察する。

東京の土を踏むのは31（同6）年9月が最後となる。東北砕石工場の商品見本を詰めた重いトランクを持って汽車に乗った賢治はいつの間にか夜風に当たり続け、到着と同時に発熱する。

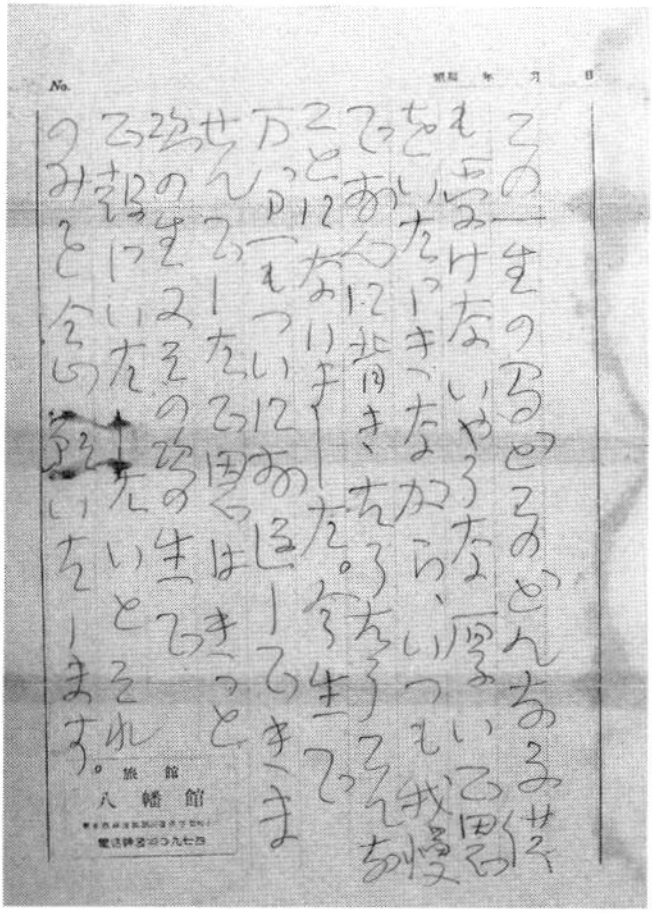

賢治が父母に宛てた遺書の一部。「今生で万分一もついにお返しできませんでしたご恩はきっと次の生又その次の生でご報じいたしたい」などとつづっている（資料提供・林風舎）

東京神田駿河台の八幡《やわた》館で死を覚悟した賢治は21日父母宛てに遺書を書く。27日夕、「もう私も終わりと思いますので最後にお父さんのお声を…」という電話に驚いた政次郎の指示でその日の夜行で帰郷するが、病床からの再起はかなわなかった。

都会への批評的な目　作品に見る賢治

いまこのつかれし都に充てる／液のさまなす気を騰《あ》げて／岬と湾の青き波より／檜葉《ひば》亘れる稲の沼より／はるけき巌《いわ》と木々のひまより／あらたに澄める灝気《こうき》を送り／まどろみ熱き子らの頬より（略）うるみて弱き瞳と頬を／いとさわやかにもよみがへらせよ（略）このつかれたる都のまひる／いざうましめずよみがへらせよ

東京を題材にした作品を集めた「東京」ノートの中の詩「高架線」より

伊藤七雄さん、チエさん兄妹を訪ねる大島旅行に出発する2日前、1928（昭和3）年6月10日の日付がある。

賢治にとって8回目となった東京は、関東大震災から復興を遂げたものの、整備された街路に車が増えて空気がよどみ、人々は疲れていると映ったようだ。自然に満ちた新鮮な空気（灝気《こうき》）を送り、都会の人たちを「いとさわやかにもよみがへらせよ」と言っている。

大妻女子大文学部の杉浦静教授（63）は「この春、賢治は無料の肥料設計に奔走した。東京は知識などの吸収の場だが、あこがれだけではないという見方が出てくるのがこの時期」と指摘。「この滞京中に書いたいくつかの詩には東京に対する批判的、批評的な目が読み取れる」と語る。

第二十二章　識者に聞く

石川啄木と宮沢賢治はともにさまざまな職業を体験するとともに、志を遂げようと何度も上京した。２人はどのような職業観や金銭感覚を持ち、文学と向き合ったのだろうか。国際啄木学会理事の山下多恵子さん、大妻女子大教授で前宮沢賢治学会イーハトーブセンター代表理事の杉浦静さんに聞いた。

国際啄木学会理事・山下多恵子さん　家族と文学　両立苦悩

—啄木は渋民尋常高等小学校（現渋民小）で代用教員を務めた。

「尋常科2年の担任だったが、高等科の地理歴史と作文も率先して受け持った。放課後は英語を教え、朝は自宅で朗読を行った。一言一句に反応する子どもたちが食いつきたいほどかわいい、持って生まれたいいところをそのまま伸ばしてやりたいと言っている。月給は8円だったが、自らを『日本一の代用教員である』と言った、その言葉に恥じない生活をしていた。人間的魅力がいかんなく発揮された1年間だった」

―啄木にとり音楽とは。

「節子を通して西洋音楽に触れ、西洋への関心を高めた。ワーグナーの思想に関心を抱き、研究に没頭。バイオリンやオルガンを弾き、自ら楽しみ人を喜ばせた。啄木の短歌は『暗唱性』と『普遍性』を備えている。リズムや呼吸、強弱など音楽の要素が生きているからこそ、くちずさむことができるのではないか」

―北海道へ渡り、函館、札幌、小樽、釧路で新聞社に就職している。

「有能な記者だったようだ。しかし、非常に好戦的だった。現状への不満、変革への意志が強すぎて、自分で自分の居場所を破壊してしまう」

―「東京病」と名付けるほど東京に憧れた。

「『食を需《もと》めて』北海道を漂泊していた啄木は自分を『平凡な悲劇の主人公』のようだと感じ始める。文学者としての成功が家族の生活も救うことにもつながると考え、文学と生活を両立させる生活をしようと決意する。北海道を経て東京へ行った意味は大きい」

―東京での生活は。

「友人で後に義弟となる宮崎郁雨に家族を託して上京後、猛烈な勢いで小説を書き続けるが評価されなかった。つらい日々が結晶したのが『ローマ字日記』。自殺してもおかしくないほどの限界状況に置かれた詩人の凄絶《せいぜつ》な記録は、私たちの胸を震撼《しんかん》させる。漢字仮名交じり文と違って、ローマ字は読みにくい。自分自身ですら読み返したくないという思いがあったのかもしれない」

「家族が上京後、妻節子が家出したことは、啄木をさらなる苦悩に追い込む。そして、文学者である前に生活者でなければならない、という自覚が芽生える。東京で啄木は『一握の砂』の歌人にして『時代閉塞の現状』の思想家となった」

―東京朝日新聞社では校正係として働いた。

「二葉亭四迷全集の校正、のちに編さんも担当。社員であった夏目漱石を訪ねて、指導を受けた。歌壇欄を復活させ、それは現在まで続いている。『大逆事件』についても、いち早く情報を知ることができた。東京朝日新聞社は、啄木が病気で出勤できなくなってからも給料を出し、カンパを募り、見舞金を送った。文学、思想、人情の面で啄木が得たものは多い」

―啄木の金銭感覚は。

「凡人は天才に尽くすべきだという『天才主義』に取りつかれていた啄木は、多くの借金をし、浪費を繰り返した。しかし、変わっていく。援助を続けてきた郁雨と絶交した後、自分の力で生きていこうとした。直後から節子に克明な家計簿を書かせている」

――「借金メモ」も残っている。

「いつかは返そうと書き留めたのだろう。晩年には『貸そう』と言われても断ったという話があるほど。以前のようないいかげんな啄木だったら、人に頼って何とか生き延びようとしただろう。人間としての成長が命を縮めたと思うと、考えさせられるものがある」

【やました・たえこ】1953年雫石町生まれ。弘前大教育学部卒。高校教諭、長岡高専非常勤講師などを務めた。国際啄木学会理事、日本ペンクラブ会員、日本近代文学会会員。主な著書に「忘れな草」「啄木と郁雨」など。63歳。

直筆日記　一挙に公開　北海道・函館市文学館

函館市末広町の市文学館（福原至館長）は2016年、特別企画「函館に守り遺されてきた啄木日記」を開いた。啄木が約10年にわたり書き続けてきた、貴重な人生の記録を公開した。

啄木は盛岡中学校（現盛岡一高）を中退し、文学で身を立てるために上京する16歳で「秋韷笛語《しゅうらくてきご》」を書き始める。その後、亡くなる2カ月前まで13冊にわたり日記を書き続けた。

会場には、市中央図書館啄木文庫に保管されている全13冊（1冊は4冊1つづり）の日記を展示している。安定している時期にはきれいな文字で書いている一方、入院中に赤いインクで書いた文字は乱れており、体調の悪さが感じられる。「ローマ字日記」の整った筆記体も印象的だ。福原館長は「日記は劣化が進んでおり、一挙に公開するのはこれが最後になるのではないか」と語る。


大妻女子大教授・杉浦静さん　労働、生活に美を求め

―賢治は家業の質・古着商をなぜ嫌ったのか。

「古着の売り買いや質草をとってお金を貸す仕事は人助けにもなっているが、賢治には貧しい人からの搾取と思えてならなかった。童話『ペンネンネンネンネン・ネネム』には利子を払い続け、借金から解放されない悲惨な化け物が出てくる。お金を動かすのみでさらに儲かるという、資本主義の一面を極端化して描いたように思う」

——家業の職種換えについて早いころからさまざま検討していた。

「盛岡高等農林学校（現岩手大農学部）の卒業前後は同校で得た知識や技術を生かす工業系の仕事を模索した。トシの看病で上京した際は、神田の宝石店で県産貴石の売買や、自分が研磨する人造宝石の製造に関して相談したらしい。親友保阪嘉内《かない》への手紙には『人を相手にしないで自分が相手の仕事に入りたい』とも書いており、一人でできる仕事を考えたこともあったようだ」

——1921（大正10）年に無断上京した際は猛烈な勢いで執筆したという。

「たくさん書いたことは間違いないが、その時代に書いた草稿はほとんど残っていない。童話集『注文の多い料理店』に収めた作品は皆帰郷後に書いたもので岩手の自然の中での物語。上京しての都会暮らしをするまではあまり意識されていなかった岩手の自然が、再発見されたという意味で東京生活は必要だった」

——賢治は後に「東京」を題材にした作品を集めた「東京」ノートを作った。

「作ったのは東京を批判的な視点から眺める詩を書いた1928年以後1930年くらいの間。ノートの後ろの方には初めて東京を訪れた高等農林の修学旅行をはじめ、上京時に作った短歌を書き写したものや、散文作品の題名などが書かれていた。複数の作家によるアンソロジーはあっても、一人の作家が『東京』をテーマにした作品を集めたものは珍しく、出版できたらば話題を呼んだかもしれない」

―当初、農学校教師は気が進まなかったという。

「最初から教師になりたかったわけではなく、偶然機会が巡ってきた。賢治は理念や理想の実現を大切にしながらも目の前にあるものに全力を投入するタイプ。高農時代、岩手山で保阪と何かを誓い合った。具体的な内容は分からないが、仮に『みんなの幸せのため』に生きることだったとすれば、農学校教師になったなら生徒たちを楽しく勉強させ、実際に役立つ大切なことを工夫して教える。そのように現実を選び取るのが賢治のやり方ではないか」

―賢治は羅須地人協会の活動で芸術を重視した。

「新しい農村にはつらい労働だけでなく、楽しく、美しいものが必要だと考えた。賢治にとって、芸術は美だけに奉仕するものではなく、生活とつながっていることが大切だった。柳宗悦が提唱した民芸の考え方に意外と近いかもしれない。生活や労働からおのずと生まれる芸術や、生活や労働そのものが芸術となることを目指した」

―東北砕石工場技師が生涯最後の仕事となった。

「広く普及すれば農民のためになることは確実だが、肥料用炭酸石灰は商品で、買う方はなけなしの金で買い、売る方も利益を出さない限り工場の労働者が生活できない。ここに新たな悩みを抱えてしまった。農家が個人で購入するのではなく、産業組合をつくって回すような仕組みも考えていたようだが、病に倒れ、実現しなかった」

【すぎうら・しずか】　１９５２年水戸市生まれ。旧東京教育大大学院文学研究科修士課程修了。85年から大妻女子大文学部勤務。95年同学部教授。93年に著書「宮沢賢治　明滅する春と修羅」で岩手日報文学賞賢治賞受賞。２００８～12年宮沢賢治学会イーハトーブセンター代表理事。63歳。

産着や書籍など展示　花巻・桜地人館

花巻市桜町4丁目の「雨ニモマケズ」詩碑入り口に建つ桜地人館《さくらちじんかん》は、120年前に作られた賢治の産着など貴重な資料を展示し、知る人ぞ知るスポットだ。

賢治の主治医を務めた故・佐藤隆房と親交のあった賢治や高村光太郎の遺品や書、書籍などの資料を中心に、萬鉄五郎や故舟越保武さんの作品も含め約170点が並ぶ。

賢治の産着は、おぶった乳児の後ろから掛ける「ヒッカケッコ」「ひかけ」などと呼ばれるもので、賢治の誕生を関西で知った父政次郎が買って帰った上等な反物で作った着物の1枚。戦時中、母イチが子育て中の妹クニにあげたものという。

賢治関連ではこのほか、佐藤の依頼で賢治が手掛けた花巻共立病院（現総合花巻病院）の中庭花壇の設計図（複写）や、同花壇に使ったれんが、扇面に書いた書なども紹介されている。

同館管理人の伊藤明美さん（67）は「戦火を免れた遺品や佐藤との交流で生まれたものもある。人とのつながりや、残るべくして残されたものの不思議を感じてもらえれば」と語る。

第二十三章　手紙と日記㊤

発表を前提とせず、作品とは別の魅力を秘める手紙や日記。石川啄木は手紙で生活苦や病への理解を筆を尽くして訴え、日記では内面を赤裸々につづり、苦悩と向き合った。賢治の日記は見つかっていないが、残された手紙や手帳には作品に表れない意外な面や奥深い思いに触れることができる。手紙や日記などに見られる2人の素顔を2回にわたって紹介する。

小説のような味わい　啄木

啄木は生涯に数多くの手紙を書いた。全集に収められているだけでも511通に上る。確認されていない

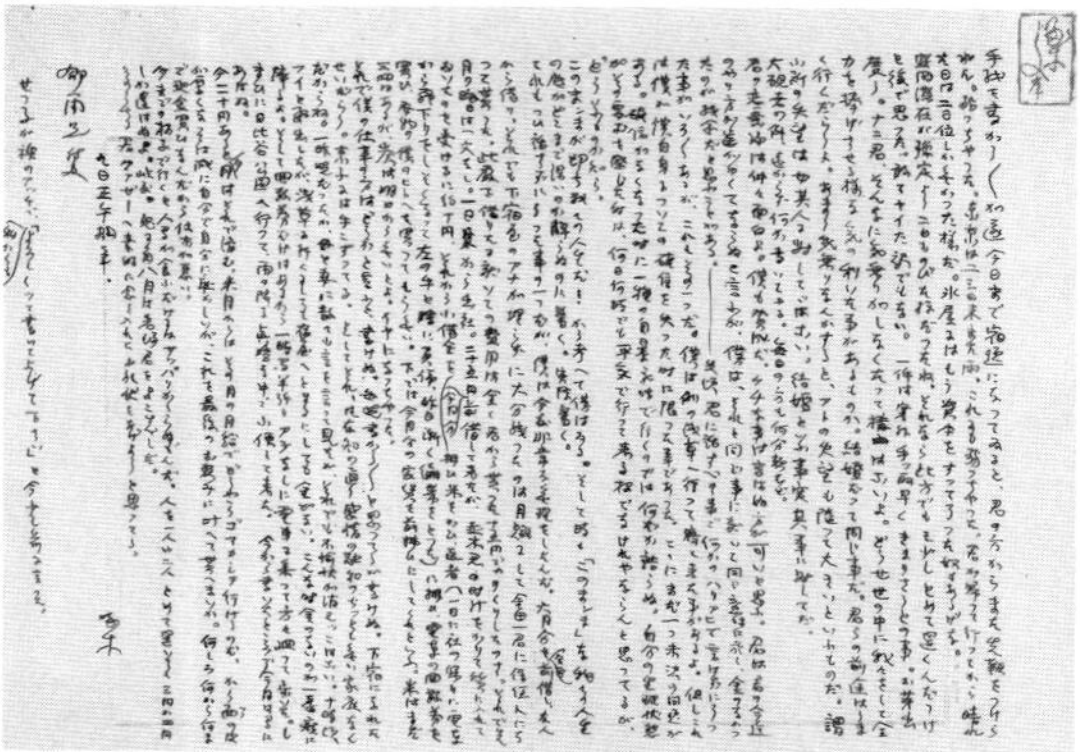

啄木が宮崎郁雨宛てに書いた手紙。詳しい経済状況を明かし、借金を頼んでいる＝1909（明治42）年7月9日（函館市中央図書館啄木文庫所蔵）

が、与謝野鉄幹、晶子夫妻や妻節子らに宛てて書いた書簡もあるはずだとされる。

親しい友人に「おゝ友よ」、先輩には「兄よ」、女性には「〇〇さん！」と親しく呼び掛け、オーバーとも思える表現やユーモアを交えた文章で、読む人を引き付ける。

筑波大名誉教授の平岡敏夫さんは著書『石川啄木の手紙』で「印刷・公刊されたものとはちがって、手紙はいくら書いても受け取った人が大事に保存していなければ残りはしない。（中略）啄木という人間、その手紙にどこか忘れられない魅力があった」と解説する。

特徴的な内容の一つは、生活苦の発信。自らの状況を正直に明かし、借金や給料の前借りを依頼している。

啄木は、函館から上京した家族を受け入れた後の1909（明治42）年7月9日、それまで家族の面倒をみてくれていた宮崎郁雨（本名・大四郎）に宛てて、手紙を出す。

「六月分を全部前借し、友人から借り、それでも下宿屋のアナが埋らずに大分残つたのは月賦にして金田一君に保証人になつて貰つた。此処を借りたに就いての費用は全く君から貰つた十五円でやりくりしたのさ。それで先月の晦日は一文なし。（中略）今二十円あると今月はそれで済む。来月からはその月の月給でどうやらゴマカシテ行けるのだ。かう面《ツラ》の皮が厚くなつて

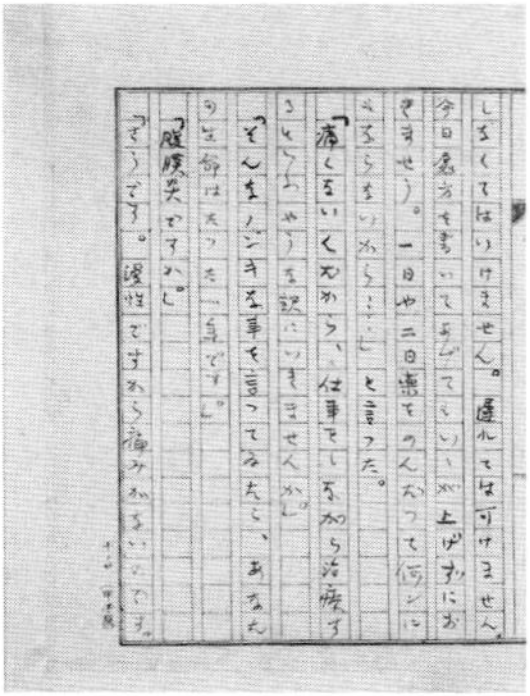
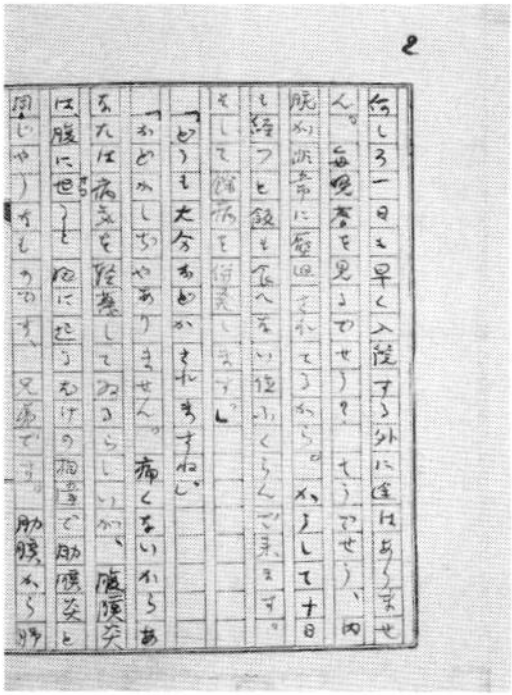

郁雨宛ての手紙で会話を再現しながら病気の説明している部分＝1911（明治44）年2月2日（函館市中央図書館啄木文庫所蔵）

は誠に自分で自分に恥かしいが、これを最後のお頼みに叶えて貰へまいか」

東京朝日新聞の校正係として勤め、定収入がありながら、一家を養わなくてはならず、下宿代にも事欠いていることを正直に打ち明け、金額を指定し具体的に頼んでいる。

また、自身や家族の病苦も伝えている。11（明治44）年2月に慢性腹膜炎で入院した時には、複数の人に自分の病状を知らせている。郁雨に宛てたものでは医師との会話を再現している。

「痛くないんだから、仕事をしながら治療するといふやうな訳にいきませんか。」

「そんなノンキな事を言つてゐたら、あなたの生命はたつた一年です。」

「腹膜炎ですか。」

「さうです。慢性ですから痛みがないのです。何しろ一日も早く入院する外に途はありません。毎晩夢を見るでせう？　さうでせう、内臓が非常に圧迫されてるから。かうして十日も経つと飯も食へない位ふくらんで来ます。そして余病を併発します。」

「どうも大分おどかされますね。」

読んでいると光景がありありと浮かんでくる。

国際啄木学会会長で明治大教授の池田功さん（58）は「一般的な手紙とは異なり、公開の手紙のごとく、あるいは書簡形式の随筆とほとんど変わらないくらい、小説のような会話や詳細な描写をしている。啄木と受け取った人との関係を知らない人たちが読んでも、小説の一場面のように味わうことができる」と、魅力を語る。

「ブログ感覚」に特徴　作品に見る啄木

用もなき文など長く書きさして
ふと人こひし
街に出てゆく

歌集「一握の砂」の「手套を脱ぐ時」より

本来は相手に伝えるべき用があって書く手紙。しかし、啄木は格別に用がなくても手紙を書く。作品では、とにかく手紙を書いていったら、長いものになり、人恋しくなり街へと出て行く。礼儀正しい書き方が求められた明治時代には珍しい、形式にとらわれない手紙の数々は、今なお読む人の心を捉え、揺さぶる。

池田さんは、この歌を啄木の手紙の特徴として捉え、現代の「ブログ感覚」だと指摘する。「啄木は手紙に自分の日々を赤裸々に、実況中継するかのように書いている。相手に対する配慮よりも、むしろ自分の伝えたい日常や苦悩を脳裏に浮かんだままに速記している様子は、まるでブログのようだ」と分析。

その上で「実用性を越え、はずみがついてどんどん書いていってしまった部分こそに、物語的な面白さがある」と力を込める。

赤裸々な思い親友へ　賢治

啄木と違って日記が発見されていない賢治の書簡は人と生涯を知る第一の資料として重要だ。1995年刊行の「新校本宮沢賢治全集」第15巻書簡には、当時確認できた488通の書簡と下書きなどが収められている。

東北砕石工場主鈴木東蔵宛てが118通と最も多いが、そのほとんどは実務に関する報告。それを除けば賢治の手紙は家族や友人に宛てたものが多い。

賢治は自分にも手紙を出した。鉱物採集などで山歩きを常とした盛岡高等農林学校（現岩手大農学部）時代。同行した友は、賢治がニコニコしながら和歌をはがきに書き、自分の名を宛先にしたのを不思議に思って尋ねると、賢治は「今日の気持ちを再度味わうことができるから」と答えたという。

1年時に同室だった高橋秀松への手紙の一部には、賢治が考えた暗号文字が見られる。高橋は、そのころの賢治が短歌なども暗号で書いていたと回想している（川原仁左エ門編著「宮沢賢治とその周辺」より）。

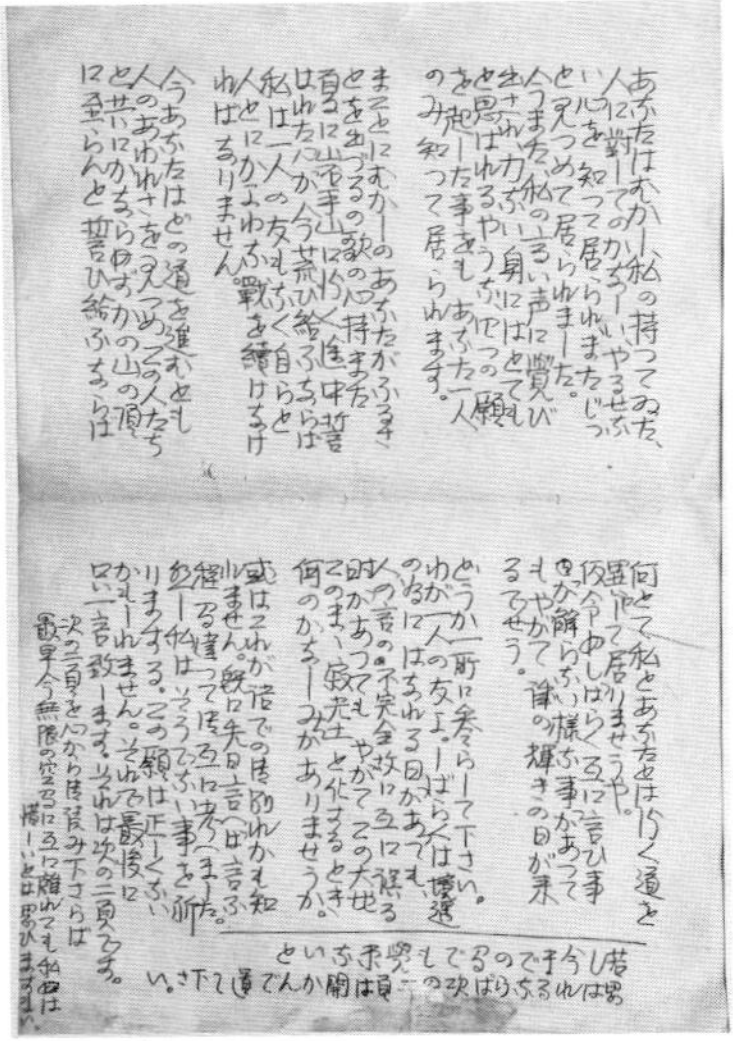

賢治が保阪嘉内に宛てた日付不明の手紙の一部。賢治は岩手山に向かう途中、２人で誓ったことにも触れている（資料提供・保阪嘉内・宮沢賢治アザリア記念会）

死後30年余りたって公表され、大きな反響を呼んだのは高等農林時代の親友保阪嘉内《かない》に宛てた書簡72通の書簡群。見えない将来への不安や怒り、過度な卑下…。心がたかぶるまま「しっかりやりませう」を21回繰り返した手紙もある。自分を受け止めてくれる友だからこそぶつけた赤裸々な思いが読む者を圧倒する。

そして賢治は嘉内に「どうか一所に参らして下さい。わが一人の友よ」「形丈けでいゝのですから」「大聖人御門下といふ事になって下さい」と同じ信仰の道を歩むことを切願するが、かなわなかった。

保阪は生前、賢治の手紙を大事にスクラップ帳に整理していた。最後の手紙は、山梨日日新聞を辞し、農業に従事した保阪に「来春はわたくしも教師をやめて本統の百姓になって働らきます」と決意を告げた25（同14）年のものとなっている。

これらの手紙を「宮澤賢治　友への手紙」として発刊した保阪の次男庸夫《つねお》さん（89）は「この後の手紙もあったようだが、スクラップしていなかった分が戦時中、親族が疎開に来た時などに処分されたようだ」と残念がる。

生涯最後とされるのは死の10日前、花巻農学校（現花巻農高）の教え子柳原昌悦に宛てた33（昭和8）年9月11日付の書簡。

病床の賢治を見舞う便りへの返礼で、賢治は自身の生涯を「空想をのみ生活して却って完全な現在の生活をば味ふこともせず」「じぶんの築いてゐた蜃気楼の消えるのを見ては、たゞもう人を怒り世間を憤り従って師友を失ひ憂悶病を得るといったやうな順序です」と反省。

「上のそらでなしに、しっかり落ちついて、一時の感激や興奮を避け、楽しめるものは楽しみ、苦しまなければならないものは苦しんで生きて行きませう」と病床で願った。

実践女子大文学部長で、宮沢賢治学会イーハトーブセンターの栗原敦代表理事は「少なくとも2種の下書きを重ね、残りわずかな命を削るように書き上げた。読む者に賢治晩年の心境の深まりをおのずと感得させる大変な表現」と考察する。

布施の精神を反映か　作品に見る賢治

「ヴェーッサンタラ大王は檀波羅蜜《だんはらみつ》の行と云ってほしいと云はれるものは何でもやった。（略）けらいや人民ははじめは堪えてゐたけれどもついには国も亡びさうになったので大王を山へ追ひ申したのだ。（略）」

童話「学者アラムハラドの見た着物」より

ヴェーッサンタラ大王は南伝大蔵経の中の説話に出てくる人物。徹底した布施を行じて民の怒りを買い、山中に追われる。最後は妻子まで連れ去られるが、奇跡が起き、行が成就する。

作品は未完。子どもたちと林に入った学者アラムハラドが「もし大王のように徳があれば、目の前のナツメも枝を垂れ、その実を与えるだろう」と説いた直後、「空は鼠いろに濁って」「林がぱちぱち」鳴り始めるが「雨のつぶは見え」ず、ナツメの実が落ちてくることを連想をさせる場面で終わっている。

賢治はこの話を18（大正7）年12月10日前後の保阪への手紙にも記した。友人らの証言によると、賢治は本でも上着でもよく人にあげたらしい。

大妻女子大文学部の杉浦静教授（63）は「もともと物への執着は少ない人だったようだが、大王のような徹底した布施を意識していたのかもしれない」と指摘する。

第二十四章　手紙と日記㊦

石川啄木は、亡くなるまでに自らの心中をつづった多くの日記を残した。「ローマ字日記」など赤裸々な生活の記録は、一人の人間として、文学者としての苦悩を浮かび上がらせる。宮沢賢治の日記は発見されていないが、短歌や手帳のメモなどに、その時々の思いを残した。手帳に書き付けた「雨ニモマケズ」の精神性は、今なお人々を勇気付ける。

人間の苦悩、喜び克明　啄木

「明治時代の文学作品中、私が読んだかぎり、私を一番感動させるのは、ほかならぬ石川啄木（一八八六～一九一二）の日記である」

コロンビア大名誉教授で日本文学研究者のドナルド・キーンさんは、著書でこう記す。時代や国境を超えて今なお人々を魅了し続ける啄木の日記の魅力は、どこにあるのだろうか。

啄木は盛岡中学校（現盛岡一高）を中退し、文学で身を立てるため上京する１９０２（明治

35）年10月に最初の日記「秋韷笛語《しゅうらくてきご》」を書きはじめる。以来26歳で亡くなる2カ月前まで、約10年間で13冊の日記を残した。

中でも啄木の心中が表れているのが09（同42）年4月から家族が上京する6月までの間に書かれた、いわゆる「ローマ字日記」だ。

「そんならなぜこの日記をローマ字で書くことにしたか？　なぜだ？　予は妻を愛してる。愛してるからこそこの日記を読ませたくないのだ、―しかしこれはうそだ！愛してるのも事実、読ませたくないのも事実だが、この二つは必ずしも関係していない」（原文はローマ字）

「ローマ字日記」の初日、啄木はこう書く。女学校も卒業していた妻節子はローマ字も読めたはずで、これは決定的な理由ではないとされている。

日記には主人公「Ｙｏ（予）」が文学と家族、生活のはざまで苦しんでいる状況が、第三者が読んでも分かるような工夫が凝らされている。

浅草で女性を買ったことなど性的に露骨な表現もあり、国際啄木学会会長で明治大教授の池田功さん（58）は「当時の自然主義小説や江戸時代の艶本《えんぽん》に迫るものを書こうとする意図がある」と、ローマ字書きの日記作品を書こうとしていたと分析する。

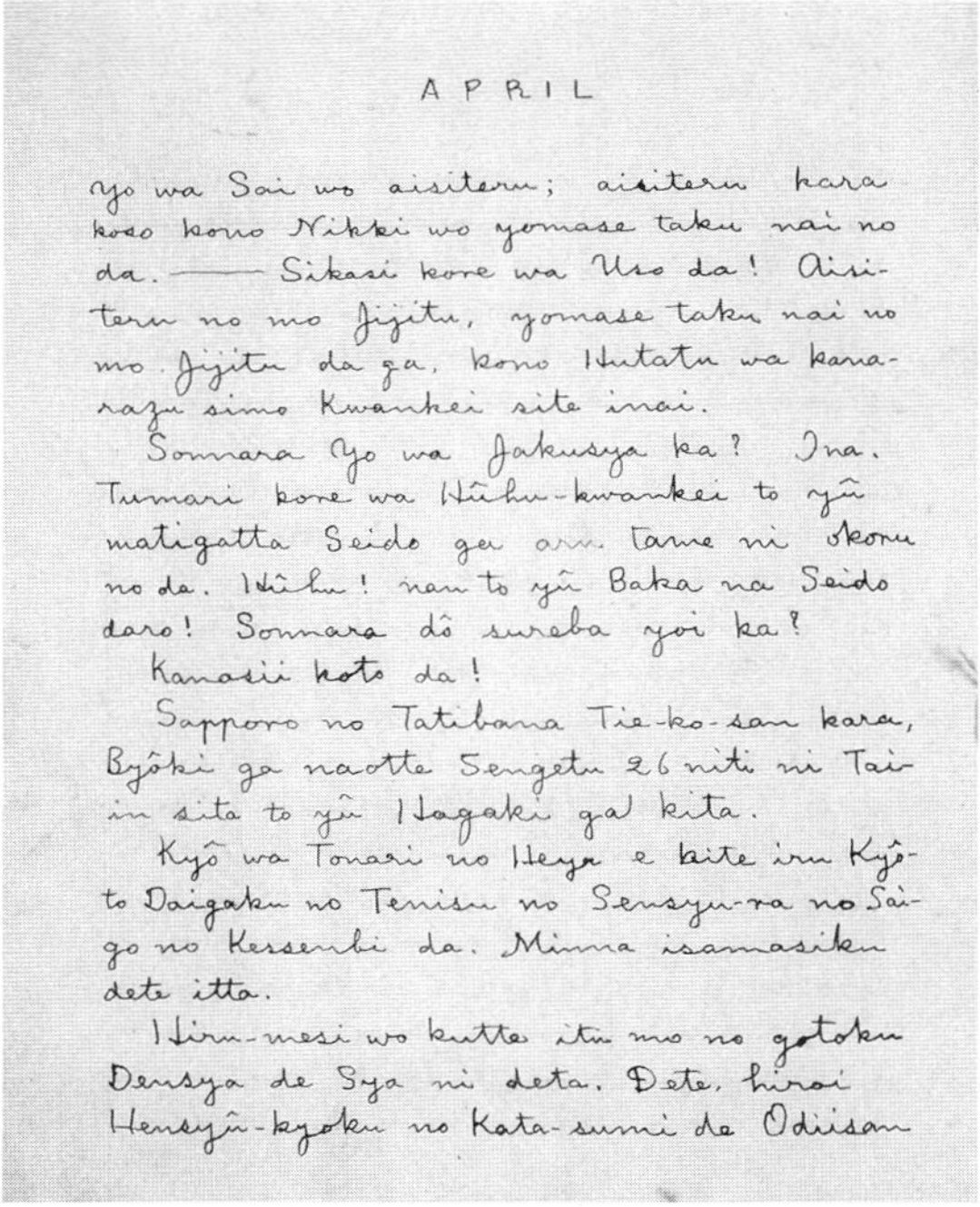

APRIL

Yo wa Sai wo aisiteru; aisiteru kara koso kono Nikki wo yomase taku nai no da. —— Sikasi kore wa Uso da! Aisiteru no mo Jijitu, yomase taku nai no mo Jijitu da ga, kono Hutatu wa kanarazu simo Kwankei site inai.

Sonnara Yo wa Jakusya ka? Ina. Tumari kore wa Hûhu-kwankei to yû matigatta Seido ga aru tame ni okoru no da. Hûhu! nan to yû Baka na Seido daro! Sonnara dô sureba yoi ka?

Kanasii koto da!

Sapporo no Tatibana Tie-ko-san kara, Byôki ga naotte Sengetu 26 niti ni Tai-in sita to yû Hagaki ga kita.

Kyô wa Tonari no Heya e kite iru Kyôto Daigaku no Tenisu no Sensyu-ra no Saigo no Kessenbi da. Minna isamasiku dete itta.

Hiru-mesi wo kutte itu mo no gotoku Densya de Sya ni deta. Dete, hiroi Hensyû-kyoku no Kata-sumi de Odiisan

「Yo wa Sai wo aisiteru（予は妻を愛してる）」などと書かれた「ローマ字日記」の 1909（明治 42）年 4 月 7 日の項（函館市中央図書館函館文庫所蔵）

その上で「啄木は、内面の弱さを含めて徹底的に正直に赤裸々に描写した。読むと一人の人間の奥深い苦悩や喜びを追体験でき、元気をもらえる」と魅力を語る。

啄木は自分の死後、日記を焼くよう節子らに頼んでいた。愛着から日記を焼けなかったという節子が、亡くなる前に託した宮崎郁雨を通じ、函館市中央図書館に寄託、保管されていた。啄木の長女京子の婿、石川正雄は世の求めに応じて長い間非公開だった日記公刊を決め、48年に「石川啄木日記」が刊行された。

同市文学館では2016年、企画展「函館に守り遺されてきた啄木日記」を開催、日記を公開した。執筆から100年以上の時を経て劣化が進んでいるため、全13冊（1冊は4冊1つづり）を一挙に展示するのは、今回が最後になる見通しだという。

福原至館長（60）は「文学や家族への思いなど、人間啄木の揺れ動く気持ちが文字に表れており、伝わってくる」と感じ入る。

啄木の生誕130年を記念した企画展「函館に守り遺されてきた啄木日記」が開かれた函館市文学館。啄木の心が表れた直筆の日記が展示された＝同市末広町

最後の記述、虚飾排す　作品に見る啄木

日記をつけなかつた事十二日に及んだ。その間私は毎日毎日熱のために苦しめられてゐた。三十九度まで上つた事さへあつた。さうして薬をのむと汗が出るために、からだはひどく疲れてしまつて、立つて歩くと膝がフラ〳〵する。

さうしてる間にも金はドン〳〵なくなつた。母の薬代や私の薬代が一日約四十銭弱の割合でかゝつた。質屋から出して仕立直さした袷と下着とは、たつた一晩家においただけでまた質屋へやられた。その金も尽きて妻の帯も同じ運命に逢つた。医者は薬価の月末払を承諾してくれなかつた。

母の容態は昨今少し可いやうに見える。然し食慾は減じた。

「千九百十二年日記」1912（明治45）年2月20日付より

この記述は啄木生前最後の日記。自身や家族の病とその薬代などにより経済的に困窮していた様子がよく分かる。この後3月7日に母カツ、そして4月13日には啄木が亡くなる。

池田さんは「どうにもならなくなった絶望的な状態を、虚飾を排した文章で記している。前途洋々たる16歳の日記から、10年間で大きく変化した」と、内面の変化を読み取る。

手帳に他者への祈り　賢治

「六月の／十五日より雨ふると／日記につけんそれもおそろし」（「歌稿Ｂ」大正３年４月）

賢治の日記は発見されていない。しかし、この歌にあるように一時期にせよ、付けた可能性は全くないとも言い切れないようだ。

ちなみに同歌を詠んだ１９１４（大正３）年は盛岡中学校（現盛岡一高）を卒業して鼻の手術のため入院し、看護師に初恋。進学の夢も断ち切れず、うつうつとしていた時期に当たる。

賢治は啄木の歌集「一握の砂」が発刊された年の翌年11（明治44）年ごろから短歌を作り始めたとされる。大東文化大文学部（埼玉県）の千葉一幹《かずみき》教授（55）は「日記のように創作された短歌は、賢治を内省へと導き、自我意識の醸成に貢献した」と考察する。

一方、奥州市前沢区出身の歌人佐藤通雅《みちまさ》さん（73）は「賢治の短歌は事実の記録が少なく、多くは心象に起きたことを表現している。日々書いたとしても日記とは言えないと思う」と指摘する。

失われたものも多いが、現存する14冊の手帳の中にも日々の断想や作品の構想メモが混在する。日常の中でふと漏れる正直な思いや、宗教者として自らを律する厳しい言葉、他者への祈りに触れることができる。

東北砕石工場技師時代に使った「王冠印手帳」には石灰肥料の販売営業に関わる数字や計算式に交じり、「あゝげに恥なく／生きんはいつぞ」「農民ら病みてはかなき／われを嘲り」など、工場主鈴木東蔵宛ての書簡には表れない賢治の苦悩が記されている。

賢治最晩年の思想が凝縮されているともいわれる「雨ニモマケズ」が書かれた「雨ニモマケズ手帳」は、砕石工場の営業で上京後、病に倒れた31（昭和6）年9月以降に使っていた。

一進一退の病床で「疾すでに治するに近し」と感じた10月29日には「再び貴重の健康を得ん日」の過ごし方として次のように記す。

「厳に／日課を定め／法を先とし／父母を次とし／

東北砕石工場の採掘現場を見学する宮沢賢治（右から２人）。左隣が工場主の鈴木東蔵。営業活動に「王冠印手帳」を携行していた＝1931年、一関市東山町（資料提供・林風舎）

近縁を三とし／農村を／最後の目標として／只猛進せよ」
「法」とは法華経信仰の実践で、余命を農村のためにささげようと熱望する。

病魔と闘う時は「たとへ三世の怨／敵なりとも亦／斯の如き／痛苦あらん／をねがはじ」と同じ苦しみを他者が味わわないよう念じた。

戦時中、何度も花巻に通って同手帳を書き写し、広島で被爆した後も終生研究を続けた元広島大名誉教授の小倉豊文さん（故人）は「一種の請願文」である「雨ニモマケズ」が早くから有名になりすぎ、権力に利用されるなどして賢治像形成にマイナスになった点を指摘。しかし、自著「宮沢賢治『雨ニモマケズ手帳』研究」で、「同じ日本の、同じ時代の空気の中に、このような『人間』が存在していたことを思うと（略）頭がさがる」と手帳に表れた精神に思いをはせる。

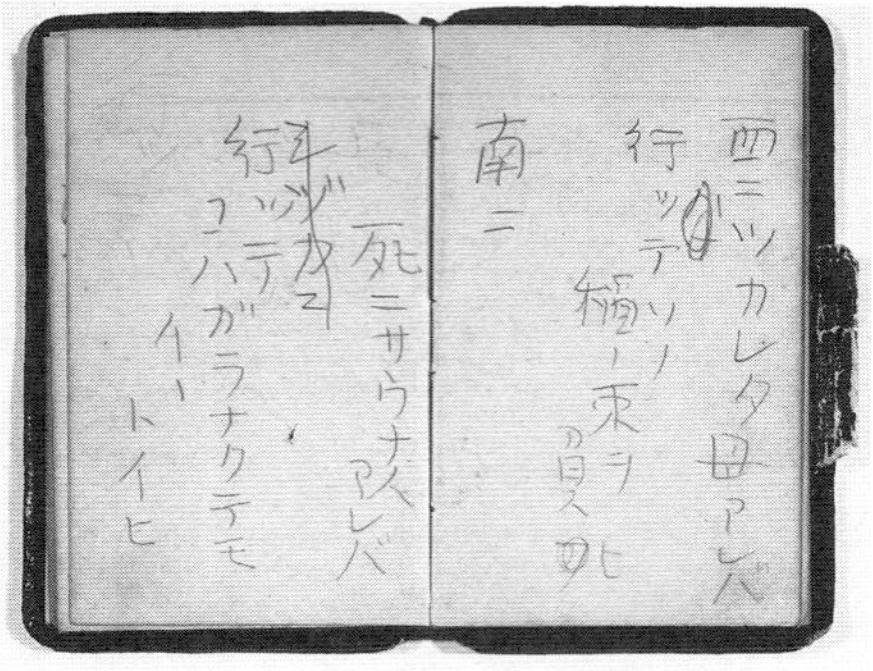

「雨ニモマケズ」の５、６ページ。左上の隅に赤鉛筆で書かれた「行ッテ」の字が見える（資料提供・林風舎）

「行ッテ」の精神強く　作品に見る賢治

雨ニモマケズ／風ニモマケズ／雪ニモ夏ノ暑サニ／モ　マケヌ／丈夫ナカラダヲ／モチ／慾ハナク／決シテ瞋ラズ／イツモシヅカニワラッテ／ヰル（略）ミンナニ／デクノボート／ヨバレ／ホメラレモセズ／クニモサレズ／サウイフ／モノニ／ワタシハ／ナリタイ

「雨ニモマケズ」より

この作品は「行ッテ看病シテヤリ」「行ッテソノ稲ノ束ヲ負ヒ」「行ッテコハガラナクテモイヽトイヒ」と「行ッテ」という言葉が3度も使われている。さらに余白にも赤で「行ッテ」と書き込まれており、賢治がこの言葉に強い思いを込めたことが分かる。

2015年7月、一関市東山町で開かれたグスコーブドリの大学校（石と賢治のミュージアム主催）で講演した「子どもの権利・教育・文化センター」の三上満代表委員長（故人）は「賢治思想の核心はこの『行ッテ』の魂、『行ッテ』の心である」と強調。

2011年3月の東日本大震災後、多くの人が被災地に「行ッテ」活動し、行けない人も心を寄せ、痛みを分かち合ったあの時の気持ちに共通する「人々の本当の幸い」を求め続けた人が「賢治である」と訴えた。

第二十五章　時　代㊤

近代文学史上に大きな足跡を残した石川啄木と宮沢賢治。短歌の存在意義が問われた明治末期、啄木は歌集「一握の砂」で新たな可能性を提示する。読み手も作家志望者も増大した大正時代、賢治は独自の文学を追究した。国際情勢と密接に連動し、国内の政治や、民衆の思想が大きなうねりを見せた時代、2人はどう生き、どう創作したのか。時代について、2回にわたり紹介する。

反骨精神で世に問う　啄木

啄木にとって文学上の進むべき方向を指し示す光となったのが、与謝野鉄幹の主宰する東京新詩社の機関誌「明星」。盛岡中学校（現盛岡一高）の先輩である金田一京助から借りて読み、感化された。

1901（明治34）年、岩手日報に掲載され初めて活字化された短歌にも、同誌や与謝野晶子「みだれ髪」の影響が色濃くみられる。

02（同35）年10月に明星に歌が掲載された直後に盛岡中学校を退学。文学で身を立てるために上京する。11月に渋谷の東京新詩社を訪ねた時の日記には、「世人の云ふことの氏にとりて最も当れるは、機敏にして強き活動力を有せることなるべし」と鉄幹の魅力的な姿を記している。しかし、08（同41）年4月、北海道漂泊を経て「文学的運命を極度まで試験する決心」で上京、千駄ケ谷の東京新詩社で再会した鉄幹に、かつての輝きは感じられなかったようだ。

3年前まで1200部を発行していた明星はすでに950部しか刷らなくなり、月々30～50円の赤字を出すようになっていた。小説の話題で鉄幹は、夏目漱石を「先生」と呼び、島崎藤村の作品を罵倒した。

こうした姿を見た啄木は日記に「此詩人は老いて居る」など、鉄幹の老化を3度も指摘している。文壇は、詩歌から小説の時代、自然主義の時代に入っていた。

東京新詩社跡にある標柱。北海道漂泊後に上京した啄木は、数日滞在した＝東京都渋谷区千駄ケ谷

明星は11月、100号で終刊を迎えた。日記には「あはれ、前後九年の間、詩壇の重鎮として、そして予自身もその戦士の一人として、与謝野氏が社会と戦つた明星は、遂に今日を以て終刊号を出した。巻頭の謝辞には涙が籠つてゐる」と感慨を込めている。啄木は後継の文芸雑誌「スバル」の編集にも関わる。

こうした中、10（同43）年10月、尾上柴舟《さいしゅう》が、形式や古語の表現の限界から、短歌の滅亡を唱える「短歌滅亡私論」を文芸誌「創作」に発表する。

これに鋭く反応したのが啄木だった。翌月、「一利己主義者と友人との対話」を掲載。対話形式をとりながら「人は歌の形は小さくて不便だといふが、おれは小さいから却つて便利だと思つてゐる」「歌といふ詩形を持つてるといふことは、我々日本人の少ししか持たない幸福のうちの一つだよ」などと反論した。

同年12月に啄木は第一歌集「一握の砂」を刊行。ここに至って独自の短歌観を確立してみせた。国際啄木学会の元会長で天理大名誉教授の太田登さん（69）は「『一握の砂』は、短歌を読み進めることで、小説以上のドラマ性が生まれている。小説中心の時代にあえて、短歌はまだ滅びない、という思いを込めて世に問うた作品だった」と啄木の反骨精神をみる。

自身の短歌論　軽妙に　作品に見る啄木

Ａ　朝には何を食ふ。

Ｂ　近所にミルクホールが有るから其処へ行く。君の歌も其処で読んだんだ。何でも雑誌をとつてる家だからね。（間）さうさう、君は何日か短歌が滅びるとおれに言つたことがあるね。此頃その短歌滅亡論といふ奴が流行つて来たぢやないか。

Ａ　流行るかね。おれの読んだのは尾上柴舟といふ人の書いたのだけだ。

Ｂ　さうさ。おれの読んだのもそれだ。然し一人が言ひ出す時分にや十人か五人は同じ事を考へてるもんだよ。

1910（明治43）年11月1日「一利己主義者と友人との対話」より

この評論は、啄木最初の歌論。東京朝日新聞の朝日歌壇の選者となり、「一握の砂」を編み上げていく過程でつくりあげられた短歌観を、軽妙なやりとりの中で披露している。

宮崎郁雨宛ての手紙で「これは僕の短歌論だ。尾上柴舟の短歌滅亡論を、『あれは尾上といふ人の歌の行きづまつて来たといふ事実に立派に裏書をしたもんだよ』と書いておいた、さぞ怒ることだろう、怒つてくれゝば可いがと心配してゐる」と書いている。

独自の世界観を追求　賢治

「私は書いたものを売らうと折角してゐます。それは不真面目だとか真面目だとか云って下さるな。愉快な愉快な人生です」

賢治の童話「注文の多い料理店」出版に尽力した及川四郎が創業した光原社敷地内の記念碑。社名は賢治が命名した＝盛岡市材木町

無断上京した1921（大正10）年、法華経信仰者としての文学を志した賢治は、大学の講義録などを印刷する文信社と、国柱会の奉仕活動の合間に上野の図書館に足しげく通った。

当時、世は出版ブーム。1886（明治19）年の小学校義務教育化により厚みを増した読者層に支えられ、島田清次郎《せいじろう》や賀川《かがわ》豊彦などのベストセラー作家が誕生。雑誌原稿の稿料も上がるなど、文学者が文学で身を立てることが可能な時代が到来したとされる。

冒頭に引用した親類の関徳弥への手紙には、同図書館で「毎日百人位の人が『小説の作り方』或は『創作への道』といふやうな本を借りやうとしてゐます」と報告。しかし「いくら字を並べても心にないものはてんで音の工合からちがふ。頭が痛くなる」「これからの宗教は芸術です。これからの芸術は宗教です」と自身の文学が一獲千金を夢見た創作とは異なるものであることを強調している。

24（大正13）年、賢治は念願の心象スケッチ（詩集）「春と修羅」第1集、童話集「注文の多い料理店」を相次いで自費出版する。

詩集は「独自の世界に立てこもりすぎて、難解」（東京日日新聞）との評もあったが、ダダイストの詩人辻潤や、全国誌「日本詩人」の編集者・詩人佐藤惣之助らが激賞。岩手詩人協会をつくり、詩誌「貌《かお》」を創刊しようとしていた故・森荘已池《そういち》（本名佐一）や、同「銅鑼《どら》」を主宰する詩人草野心平らとつながる契機となる。

一方、童話集は料理本や経営戦略の本に間違われ、まともに扱われなかった。

挿絵を描いた江刺郡稲瀬村（現奥州市）出身の画家菊池武雄を通して児童雑誌「赤い鳥」を

1924年1月12日に撮影された宮沢賢治。盛岡市の賢治研究家吉見正信さんは詩集「春と修羅」のために準備した写真ではないかと指摘する（資料提供・林風舎）

創刊した鈴木三重吉に原稿を持ち込むが、反応は芳しくなかった。

「作品中の方言が、同誌の都会性に合わないと感じたようだ」と大妻女子大文学部（東京都）の杉浦静教授（63）。鈴木、菊池双方と交流した盛岡出身の画家、故・深沢紅子も、当時の鈴木は「正しい標準語を日本中に普及したいと考えていた」と回想している。

後日、菊池に感想を聞かれた鈴木は「おれは忠君愛国派だからな、あんな原稿はロシアにでも持っていくんだなあ」と話したという。

一関市の作家佐藤竜一さん（58）は「明治神宮を完成させた政府が国家主義的な政策を次々打ち出す時代。賢治が童話作家のレールに乗れなかったのは世相も影響した」と考察する。

昭和に入ると、表現活動が厳しく取り締まられる。

30（昭和5）年11月に起きた「岩手共人会事件」は治安維持法違反として県内の文化人や学生ら百数十人が摘発された。賢治が寄稿した同人雑誌「無名作家」「聖燈」を編集する花巻の梅野健造も取り調べを受け、12月中旬に釈放される。

その年の暮れ、病気加療中の賢治は梅野を見舞う。玄関口に立ったまま、「一晩でも、温泉にでかけて体をやすめるように…」と心からのいたわりの言葉をかけ、見舞金を渡し、暗い雪空の下を帰っていった（「イーハトーブ短信」より梅野「賢治との出会い」）。

非道に対し認識鋭く　作品に見る賢治

戦が始まる、こゝから三里の間は生物のかげを失くして進めとの命令がでた。私は剣で沼の中や便所にかくれて手を合せる老人や女をズブリズブリとさし殺し高く叫び泣きながらかけ足をする。

断章「復活の前」より

第1次世界大戦中の1918（大正7）年2月、盛岡高等農林学校（現岩手大農学部）の文芸同人誌「アザリア」5号に発表した。前年11月にはロシア革命が勃発。シベリア出兵の緊張感が高まる中、賢治は兵隊となり、命令に服従する自身を想像したのだろうか。

ロシアでのソビエト政権成立は、国内の社会主義者弾圧や警戒強化につながった。「帝室をくつがへす」という表現が除名処分の要因となったとされる保阪嘉内《かない》の「社会と自分」も、同じ号に掲載されている。

父政次郎は賢治に徴兵検査を受けず、研究生として同校に残るよう勧めるが、特権を嫌悪する賢治は4月に受検。結果は徴兵対象とならない第二乙種だった。

「憎むことのできない敵を殺さないでいゝ」世界を願う童話「鳥の北斗七星」はこの3年後に執筆。盛岡市の賢治研究家吉見正信さん（87）は「とことん残虐な描写には戦争という非道への鋭い認識があったことが示されている」と説く。

第二十六章　時　代㊦

石川啄木は激動の時代を見つめる鋭い視点を、宮沢賢治は時代の波に翻弄《ほんろう》される人々に寄り添う行動力を持っていた。啄木は「大逆事件」に関心を抱き、事件の真相を明らかにし、記録しようと試みた。その過程で思想にも大きな影響を受ける。賢治はたびたび起きる自然災害や飢饉《ききん》に心を痛め、羅須地人協会を設立。農村の暮らしを改善しようと奔走した。

大逆事件の真相追求　啄木

「幸徳秋水等陰謀事件発覚し、予の思想に一大変革ありたり。これよりポツ〲社会主義に関する書籍雑誌を聚《あ》む」

啄木は日記の1910（明治43）年中重要記事6月の項に、こう書いた。

「思想上に於ては重大なる年なりき」と強調するこの月、「陰謀事件」として社会主義者の秋水らが逮捕されたことが報じられる。

「大逆事件」「幸徳事件」と呼ばれるこの事件は、桂太郎首相が、宮下太吉、管野すがら数人が明治天皇暗殺の計画を立てたことを利用し、全国の社会主義者、無政府主義者らを一掃しようとしたでっち上げだと今日では知られている。しかし、当時は不当な弾圧だと気付いた人はそれほどいなかった。

明治時代には、資本主義が進み賃金労働者が急増。多くが過酷な労働を強いられたため、労働争議や社会運動が激しくなった。政府は1900（明治33）年に治安警察法を公布、取り締まりを強める。日露戦争開戦を前に、非戦論をとなえた秋水らの結社「平民社」も弾圧に遭った。

啄木は大逆事件に敏感に反応した。事件の真の要因は国家の「強権」にあるといち早く感じ取り、評論「所謂今度の事」や「時代閉塞の現状」で論じようと試みるが、新聞には掲載されなかった。

事件の翌11（同44）年1月には、親交のあった歌人で事件の弁護人を務めた平出修に、秋水の陳弁書を借りて筆写。「この陳弁書に現れたところによれば、幸徳は決して自ら今度のやうな無謀を敢てする男でない」と日記に記している。

傍聴禁止、証人尋問なしの一審だけの裁判の末、同月、被告26人中24人が死刑という判決が下された（翌日12人が無期懲役に減刑）。

その日の日記では「『二人だけ生きる〳〵』『あとは皆死刑だ』『あゝ二十四人！』さういふ声が耳に入つた」と東京朝日新聞社内の様子を活写し「帰つて話をしたら母の眼に涙があつた。『日本はダメだ。』そんな事を漠然と考へ」たことをつづった。

事件経過の記録やコメント付きの新聞記事などを集めた「日本無政府主義者陰謀事件経過及び附帯現象」や、秋水が獄中から弁護士に送った陳弁書に、自らの詳しい解説を加えた「A LETTER FROM PRISON」も残した。

北海道・函館、札幌、小樽、釧路での新聞社勤務を経て東京朝日新聞の校正係として働き、メディアの最前線で時代を見つめた啄木は真相を探り、記録、批評しよう

東京監獄の跡地にある刑死者慰霊塔。幸徳秋水ら12人も、ここで処刑された＝東京都新宿区

としていた。

その記録は、今でも事件の真相を明らかにしようとする人たちの貴重な資料となっている。

6月中旬に高知市で開かれた国際啄木学会セミナーでは「啄木と大逆事件・幸徳秋水」をテーマに議論が交わされた。事件の研究・検証と犠牲者の復権運動は今なお続く。

「時代閉塞の現状」はこう結ばれている。

「時代に没頭してゐては時代を批評する事が出来ない。私の文学に求むる所は批評である」

国際啄木学会の元会長で天理大名誉教授の太田登さん（69）は「その時代に生きる人間の問題意識や生活感覚に真正面から向かい合うことに、啄木という文学者の存在価値があった」と、激動の時代を見つめ続けた詩人に思いを巡らせる。

閉塞の国家　鋭く認識　作品に見る啄木

地図の上朝鮮国にくろぐろと墨をぬりつゝ秋風を聴く

1910（明治43）年「創作」より

「九月の夜の不平」と題して発表した34首の中の一つ。同年の韓国併合を受け、日本の植民地となった韓国に憐憫《れんびん》の意を示している。

「韓国併合を強行した帝国主義に対する批判を、短歌で表現している。植民地主義、帝国主義に対する疑義、異議の申し立てとして優れた社会詠、時事詠だ」と太田さん。

このほかにも「九月の夜の不平」では、「今思へばげに彼もまた秋水の一味なりしと知るふしもあり」「秋の風我等明治の青年の危機をかなしむ顔撫でゝ吹く」「時代閉塞の現状を奈何にせむ秋に入りてことに斯く思ふかな」など、当時の時代背景を色濃く写した歌を発表した。

「『国家権力者』と『明治の青年』が対比的に描かれた物語的な連作。秋から冬へと季節が移るように、言論統制が強化されていく『時代閉塞の現状』に対する鋭敏な時代認識が感じられる」と高く評価する。

疲弊する農村に希望　賢治

賢治の生まれた1896（明治29）年は、6月15日に明治三陸大津波が襲来。8月31日には陸羽大地震が発生し、賢治の住む稗貫郡にも家屋が倒壊するなどの大きな被害が出た。

父政次郎の弟治三郎は当時珍しいカメラマンで、津波の際は釜石に急行して惨状を撮影し報道機関にも提供。治三郎は1903（同36）年に27歳で早世するが、写真は45（昭和20）年に花巻空襲で焼失するまで大切に保管されていた。

弟清六さんは自著「兄のトランク」で、「幼時の賢治が度々それを見たりして災害への関心が特に深くなったと思う」と指摘する。

花巻農高敷地内に移築された羅須地人協会の建物内。賢治はここで科学や芸術を講義し、理想の農村づくりに奮闘した＝花巻市葛

寒冷地である本県は江戸時代以来、度重なる飢饉《ききん》に苦しめられてきた。37年の賢治の生涯の間にも、1902（明治35）、05、06（同38、39）、13（大正2）、31（昭和6）年が主な凶作で娘の身売りや欠食児童などが問題となった。

花巻農学校（現花巻農高）の教師生活を通して農村の疲弊を目の当たりにした賢治は26（大正15）年、下根子桜（現花巻市桜町）に羅須地人協会を設立する。農村の暮らしを明るくしたいと土壌学や植物生理学、農民芸術などを講義。レコード鑑賞会や、楽団をつくって楽器練習にも励んだ。

同11月に配布した案内状には農業者の一年の労苦をいたわり、元気付けるこんな文章が印刷されている。

「今年は作も悪く、お互ひ思ふやうに仕事も進みませんでしたが、いづれ、明暗は交替し、新らしいいゝ歳も来ませうから、農業全体に巨きな希望を載せて、次の支度にかかりませう」

同協会の活動のもう一つの柱は肥料設計で、多くの設計書を無料で書いた。一方、自身が開墾した畑で、当時まだ珍しかった白菜やトマト、セロリなどの野菜や、ヒヤシンスやポピーなどの園芸作物も栽培した。

これらの実践について、文教大教育学部（埼玉県越谷市）の大島丈志准教授（42）は「賢治は稲作をしなかったとの批判もあるが、岩手の気候に適した付加価値の高い作物を模索したのだろう。急速に浸透する商品経済の中でどう生き残るかという未来を見据えたものだった」と意義付ける。

同協会の活動は注目を集め、翌年2月1日付本紙には「農村文化の創造に努む／花巻の青年有志」と紹介される。記事は活動を後押しする内容だったが、農業以外の活動に社会主義教育を疑われた賢治は花巻署で事情聴取される。治安維持法が制定された25（同14）年以降、思想や政治活動に対する監視や弾圧が一層強まっていた。

26年3月に結成された労働農民党（労農党）にはそれなりの期待を寄せたようだ。同年10月、同党稗和支部が花巻に発足する際、賢治は拠点となる事務所の保証人となり、資金をカンパするなど陰で支援した。

賢治はこのころ、同党メンバーからレーニンの「国家と革命」を、自身は土壌学を交換教授したこともあったようだ。しかし学習が一区切りしたころ賢治は「日本に限ってこの思想による革命は起らない」と断定的に言い、「仏教にかえる」と翌夜からうちわ太鼓で町を回ったという（「岩手史学研究」50号、名須川溢男「宮沢賢治について」）。

農民芸術の感動詠む　作品に見る賢治

蕪《かぶ》のうねをこささえてゐたら／白髪あたまの小さな人が／いつかうしろに立ってゐた（略）その人はしづかに手を出して／こっちの鍬をとりかへし／畦を一とこ斜めに掻いた／おれは頭がしいんと鳴って／魔薬をかけてしまはれたやう（略）わたしはまるで恍惚として／どんな水墨の筆触／どういふ彫刻家の鑿《のみ》のかほりが／これに対して勝るであらうと考へた

口語詩稿より「第三芸術」

羅須地人協会時代の出来事を題材にした「春と修羅」第三集に「蕪を洗ふ」という詩があるため、同時代の作品と考えられている。

賢治が赤カブの種をまこうと畝を作っていると、「白髪あたまの小さな人」が見本を見せてくれた。その鍬さばきのあまりの美しさに賢治は「頭がしいんと鳴って」「恍惚と」なってしまった。

初期形は身動きできない賢治を怒ったと勘違いした「白髪あたまの小さな人」が逃げる場面が描かれるが、最終形は心の中の話になっている。

大島准教授は「農民芸術が生まれる瞬間が描かれていて面白い。農家の子ではない賢治だからこそ素直に感動し、それを詠む能力があったから生まれた作品」と鑑賞する。

第二十七章　宗　教

共に仏教と関わりの深い家庭に生まれ育つが、宗教に対する姿勢は全く異なる石川啄木と宮沢賢治。寺の子として生を受けた啄木はキリスト教にも接近するが、無意識のうちに身についた仏教的素養が作品に息づく。代々浄土真宗を信仰する家に生まれた賢治は、やがて法華経に開眼。妹トシの死を経て賢治文学の要となる「みんなの幸せ」のため信仰を深める。

仏教的な影響色濃く　啄木

啄木は日戸村（現盛岡市日戸）にある曹洞宗の常光寺で生まれ、1歳の時に渋民村（同市渋民）の宝徳寺へと移った。「寺の子」として育った啄木には、どのような宗教的影響があったのだろうか。キーワードになるのが「一握の砂」だと、国際啄木学会評議員で桜出版編集主幹の山田武秋さん（67）は指摘する。

「一握の砂」は、代表作である第一歌集の題名として知られているが、歌集刊行以前、1907（明治40)年の盛岡中学校校友会雑誌に発表した随筆や、09(同42)年に書いた小説断片などでも使っている。

函館時代に書いた随筆「一握の砂」は「年若き旅人よ、何故にさはうつむきて辿《たど》り給ふや、目をあげ給へ、常に高きを見給へ」と後輩たちを励ます一文で始まる。「我六歳にして初めて郷校に上りし時より今に至るまで、『怠る勿れ』といふ語を聞かされし事、抑々《そもそも》幾千回なりけむ」と、自らの心を戒めてきたこともつづっている。

小説断片の「一握の砂」は東京で「ローマ字日記」を書いていた時期に自身をモデルに書かれており、人生を振り返り、自らの欠点にも目を向けた内容。

山田さんは「一握の砂」という題名は曹洞宗開祖、道元の書いた「典座教訓《てんぞきょうくん》」の中の「沙《すな》を握りて宝と為《な》す」が由来だとする。

『砂を握って宝にする』というのは『立派なものより心が大事』という意味。啄木は、この言葉に着想を得て『一握の砂』を創作した。一生懸命やったことは必ず報われるという祈りを込めて、つらく苦しい時、転機となる時に、自分自身を鼓舞する言葉として使った」と強調する。

啄木自身は08（同41）年2月に宮崎郁雨へ宛てた手紙で「人の前では云はれぬが、僕は無政府主義だ、無宗教だ、うまい物は喰ふべく、うまい酒は飲むべし」などと書いている。

しかし、山田さんは「啄木に根付いた仏教的感性は、本人が自覚する以上に深い。宗教、特に仏教との関わりを無視しては、作品を真に理解することはできない」と、研究の重要性を説く。仏教をめぐってはこのほか、盛岡中学校（盛岡一高）時代に評論家、思想家の高山樗牛《ちょぎゅう》に傾倒したこともあり、樗牛の評論を通して法華経にも接した。

啄木に影響を与えた宗教は、仏教に限らない。05（同38）年に刊行された第一詩集「あこがれ」とキリスト教との関連も指摘されている。

近代文学研究者の上田哲さん（故人）は「啄木のキリスト体験」（啄木研究第6号）で、詩集に直接的、間接的にみられる影響を紹介。啄木がキリスト教に接近した時期を「盛岡遊学中のかなり早い時期」とする。

その上で「作品・日記・書簡などによって判断すると、初めはキリスト教のもつ異国情緒、浪漫的雰囲気にひかれてのものであったようだが（略）、しだいに自己発展と自他包融を顕現した真人としてキリストを認め、その革新性、権力者への抵抗の姿勢に共鳴していった。そしてキリストの教えは、啄木の社会主義思想胚胎に大きな一つの要素となったと考えられる」と、思想への影響を挙げている。

曹洞宗一文から着想　作品に見る啄木

大《だい》といふ字《じ》を百《ひゃく》あまり
砂《すな》に書《か》き
死《し》ぬことをやめて帰《かへ》り来《き》れり

「一握の砂」の「我を愛する歌」より

砂に書いた文字は、なぜ「大」だったのだろうか。

山田さんはここにも曹洞宗の影響をみる。「典座教訓」は「大の字を書すべし、大の字を知るべし、大の字を學すべし」と説いている。

「この一文にヒントを得て、『大といふ―』の作品ができた。死ぬことをやめるほどの重要な行いとして、典座教訓で説く『大心』の『大』という字でなくてはならなかった」と、その必然性を示す。

この歌で締めくくられる「砂山一連」巻頭10首は、「一握の砂」の主題とも言える。その中の「いのちなき砂のかなしさよ／さらさらと／握れば指のあひだより落つ」「しつとりと／なみだを吸へる砂の玉／なみだは重きものにしあるかな」も、道元の精神がもとになっているという。

「単に感傷的な歌ではなく、人間の絶望と絶体絶命のピンチから立ち直る、仏教的な深い魂の救済をうたっている」と鑑賞する。

法華経が文学の要に　賢治

浄土真宗の教典を子守歌のように聞かされ、父政次郎が主催し花巻市の大沢温泉などで開かれた夏期仏教講習会には小学生の時から参加した賢治。

人生を決定づけた法華経との出合いは、盛岡高等農林学校（現岩手大農学部）への進学が許された1914（大正3）年の秋。島地大等《だいとう》編「漢和対照　妙法蓮華経」を読み、深い感銘を受ける。島地は、盛岡市北山にある浄土真宗願教寺の住職。西域の仏教遺跡踏査にも参加した著名な仏教学者で、賢治は盛岡中学校（現盛岡一高）時代に法話を聴き、その学徳に触れた。

大きな転機となるのは、日蓮宗＝法華経系の在家仏教団体「国柱会」との出会いだ。20（同8）年に妹ト

第８回夏期仏教講習会の記念写真。前列に縦じまの着物姿で立っている子どもが賢治＝花巻市・大沢温泉（資料提供・林風舎）

シの看病で上京した賢治は、創立者田中智学の講演を聴き、翌年入会。政次郎にも日蓮宗への改宗を迫る。

立正大仏教学部（東京都）の非常勤講師正木晃さんは日蓮宗と浄土真宗の違いで決定的なのは「現世に対する評価」という。浄土真宗が現世を汚れた世界として死後の極楽浄土を志向するのに対し、日蓮宗は現世を極楽にしようと試みる。

国柱会は、第２次世界大戦中、アジア侵略の主導的理念「八紘一宇《はっこういちう》」を創案。満州国建国に深く関わった関東軍参謀石原莞爾も信者だったことなどから批判的に語られることが多い。

それらの批判を否定しないとした上で「宮沢賢治　すべてのさいはひをかけてねがふ」の著者、大東文化大文学部（埼玉県）の千葉一幹《かずみき》教授（55）は、戦後民主主義社会の視点で断罪するだけでなく、「明治維新後の日本の歴史との関連で見ておく必要がある」と強調する。

明治期の神道国教化は仏教全体に影響を及ぼした。国柱会の創設は、廃仏毀釈《はいぶつきしゃく》という窮地に立たされた仏教側の改革あるいは自衛の面があるという。檀家《だんか》制度によらない信仰者の組織という新しさもあった。

賢治はどこに魅力を感じたのか。千葉教授は「信仰は、自己の救済のためにあるのではなく、他者と関わり社会を領導するためにある」という新しい法華経理解を田中がもたらしたことにあると分析。「世間のこの苦しい中で農林の学校も出ながら何のざまだ」という政次郎の叱責《しっせき》への答えであり「自己救済的色彩の濃い浄土真宗にとどまる父に対し優位に立つ手段とも思ったはずだ」と指摘する。

しかし「どの宗教でもおしまひは同じ処へ行くなんといふ事は断じてありません。間違った教による人はぐんぐん獣類にもなり魔の眷属にもなり地獄にも堕ちます」（21年3月10日付宮本友一宛て書簡）と排他性を強める賢治の信仰は、高等農林時代の親友保阪嘉内に受け入れられなかった。

「そんな賢治に宗派の違いを超えて真実に触れる大切さを気づかせたのは、賢治の信仰を根源的なレベルで理解したトシの信仰だった」と、ノートルダム清心女子大文学部（岡山市）の山根知子教授（52）。

24歳で短い生涯を閉じたトシはその2年前、病床で「自省録」を書き上げていた。山根教授はその中の「これが『真の愛ではない』と見分けうる一つの路は、それが排他的であるかないか、と云ふことである」「凡ての人人に平等な愛を持ちたい」などの言葉に注目し、「トシの死後にトシの信仰への思いをたどったことは、賢治の信仰が開かれていくきっかけになった」と考察する。

普遍的な信仰へ成熟　作品に見る賢治

「僕もうあんな大きな暗の中だってこわくない。きっとみんなのほんたうのさいはいをさがしに行く。どこまでもどこまでも僕たち一緒に進んで行かう。」

童話「銀河鉄道の夜」初期形三より

賢治が晩年まで推敲《すいこう》を重ねた未完の傑作。主人公の少年ジョバンニは星祭りの夜、川に落ちた仲間を助けようとして流された親友カムパネルラと銀河鉄道で天上を旅する。やがてカムパネルラと別れたジョバンニは地上に戻り、その死を知る。

引用したのは、旅の終わりにジョバンニがカンパネルラに語り掛けた言葉。山根教授は、賢治が羅須地人協会で講義した「農民芸術概論綱要」と対照させ「みんなのほんたうのさいはい」は「世界がぜんたい幸福にならないうちは個人の幸福はあり得ない」という万人の幸福への希求であり、「ほんたうの神さま」は「銀河を包む透明な意志」と表現されていると指摘。

「熟してゆく賢治の信仰は法華経を基盤としながらも、小笠原露宛て書簡下書きに『あらゆる生物をほんたうの幸福に齎したいと考へてゐる』『宇宙意志』への思いが書かれているように、普遍的な信仰へとなっていった」と読み解く。

第二十八章　病と死

石川啄木は26歳、宮沢賢治は37歳と、２人とも若くして世を去った。啄木は、病の兆候から悪化していった様子、家族の病状まで、日記や手紙に克明に残した。死を覚悟しながらも、文学への思いを消すことはなかった。賢治は、時に生死の境をさまようほどの病に苦しみながらも、自らの信念を貫こうと奮闘。死の間際まで農民を思い、信仰に生きた。

体調悪化克明に記す　啄木

啄木は１９０２（明治35）年10月、盛岡中学校（現盛岡一高）を退学し上京する際に日記を書き始める。

体調不良を自覚したという記述が現れるのは、その翌月のことだ。「午後図書館に行き急に高度の発熱を覚えたれど忍びて読書す。四時かへりたれど悪寒頭痛たへ難き故六時就寝したり」(11月22日)。その後も断続的に、体調の悪さをつづる。

家族とともに喜之床2階で暮らしていた11（明治44）年2月初めに慢性腹膜炎と診断され、同4日から東京帝大医科大付属病院（現東京大医学部付属病院）に入院。

初日の日記では「病院の第一夜は淋しいものだつた。何だかもう世の中から遠く離れて了つたやうで、今迄うるさかつたあの床屋の二階の生活が急に恋しいものになつた」と心細さを見せる。3月15日に退院し自宅で療養することになった。翌12（明治45）年は、年の初めから病状や発熱の記述が多くを占める。

「私の家は病人の家だ、どれもこれも不愉快な顔をした病人の家だ」（1月19日）。こう書いた4日後、喀血《かっけつ》を繰り返していた母カツが結核

函館の街と海が見渡せる場所に建つ啄木一族の墓（手前）。墓碑には自筆ノートを拡大した「東海の―」の歌が刻まれている＝北海道函館市

と診断される。一家に影を落とす病苦の正体が判明するが、すでに手遅れだった。

東京朝日新聞編集長の佐藤北江（本名・真一）は啄木に再入院をすすめるが、母の病気を理由に断っている。家族を思うあまり自分の治療に専念できない側面もあった。

2月20日を最後に、日記は断絶。3月7日にはカツが亡くなる。

約1カ月後の4月13日、啄木は朝に駆け付けた金田一京助に「頼む！」と絞り出す。同じく駆け付けた若山牧水と、原稿についてなど話し合っていたことから、持ち直したと思い仕事へ行った金田一は、臨終には間に合わなかった。牧水と父一禎、次女を妊娠中の妻節子が見守る中、午前9時半、26年の短い人生の幕を下ろした。

「お前には気の毒だった」と言い残された節子は、啄木の妹光子に宛てた手紙で「死ぬ事はもうかくごして居ましても何とかして生きたいと云ふ念は充分ありました」などと、間際の様子を書いている。

啄木の死因は、長い間肺結核とされてきた。しかし、日記や書簡類にも喀血など結核特有の症状の記述はなかった。

亡くなる前の様子を金田一は「骸骨の骨盤に皮がかかっているようなお尻」「幽霊のような顔

になった」、牧水は『枯木の枝』と呼ぶ様になってゐた」と、やせ細っていた姿を回想している。

　そうしたことから、埼玉県立川越高教諭の柳澤《やなぎさわ》有一郎さん（36）は群馬大教育学部に在学中、死因に疑問を抱き、啄木の病歴について詳しく調べた。

　日記や手紙に見られる病気の症状を医師に分析してもらったところ「死因は肺結核一つではなかった。肺結核や結核性胸膜炎、腸結核、結核性腹膜炎の合併症状により死に至る『結核症による衰弱死』の可能性が高い」と結論づける。

　病状は一進一退だっただろうとし「時には気弱になり、また時には強い意志で立ち向かっていた」と、啄木の闘病生活を思う。

啄木終えんの地の歌碑（手前）と顕彰室。歌碑には、この地で最後に作られた歌集「悲しき玩具」の冒頭２首が刻まれている＝東京都文京区小石川

最晩年の悲痛な心境　作品に見る啄木

呼吸《いき》すれば、
胸の中《うち》にて鳴る音あり。
凩《こがらし》よりもさびしきその音！

眼閉《めと》づれど、
心にうかぶ何もなし。
さびしくも、また、眼をあけるかな。

「悲しき玩具」より

冒頭に収められているこの2首は啄木の最晩年に作られており、かなり進行した病気の症状と、それによる悲痛な心境がうたわれている。終えんの地の歌碑にも、これらが刻まれた。

亡くなる2カ月半ほど前の1月30日の日記には「私は非常な冒険を犯すやうな心で、俥につて神楽坂の相馬屋まで原稿紙を買ひに出かけた」とある。

柳澤さんは、原稿用紙のヒョウタン型の印から調査を進め、冒頭2作品が、生前最後の自由な外出となったこの日に買い求めた相馬屋のものであったことを突き止めた。同日はまた、ロシアの無政府主義者クロポトキンの「ロシア文学」も買っている。

「体の具合は相当悪かったはずだが、啄木はまだまだ書くつもりで原稿用紙を買いに行った。晩年に深めていた社会主義思想についての評論やエッセーを書こうとしていたのではないか」と柳澤さんは想像する。

農民思い信仰を貫く　賢治

盛岡高等農林学校（現岩手大農学部）の研究生となった1918（大正7）年春、賢治は徴兵検査で「心臓が弱い」と言われる。稗貫郡地質・土性調査で山野を歩いていた賢治には自覚がなかったようだが、6月ごろから胃の近くが痛み、病院に行くと、肋膜炎《ろくまく》（胸膜炎）と診断された。

この病は当時、不治の病だった結核性が多く、賢治は文芸同好会「アザリア」同人の河本義行に「私のいのちもあと十五年はあるまい」ともらす。

羅須地人協会の活動をしていた28（昭和3）年8月には日ごろの粗食や、上京（6月）と稲作指導による疲労が重なり、40日間発熱と発汗に苦しむ。医師の診断は両側肺浸潤だった。

壮絶な闘病生活からやや小康を得た賢治。面やつれが痛々しい＝1930年秋、花巻市・花巻温泉（資料提供・林風舎）

12月には急性肺炎を発症し、生死の境をさまよう。
「丁丁丁丁丁／丁丁丁丁丁／叩きつけられてゐる　丁（略）熱　熱　　丁丁丁／（尊々殺々殺／殺々尊々々）」（（丁丁丁丁丁））

「疾中」「8．　1928―1930」と書かれた表紙に挟まれ、死後発見された詩編群には病魔との壮絶な闘いや、宗教的思索の跡を垣間見ることができる。

「目方が十一貫（約41キロ）しか」ないものの、回復の兆しを感じた30（同5）年春ごろから東北砕石工場（現一関市東山町）の支援が本格化していく。翌年2月からは商品見本を入れた40キロにもなるトランクを持ち営業に歩くが東京で高熱に倒れ、死を覚悟する。

2年後の33（同8）年は本県始まって以来の大豊作だった。9月20日、鳥谷ケ崎《とやがさき》神社の祭礼のみこしを拝んだ賢治は、絶筆となった2首を詠む。

「方十里稗貫のみかも／稲熱れてみ祭三日／そらはれわたる」

「病《いたつき》のゆゑにもくちん／いのちなり／みのりに棄てば／うれしからまし」

「みのり」に「実（稔）り」と「御法」をかけ、豊作と法華経の教えに命をささげる喜びをうたった。

その日、賢治の容体は急変し急性肺炎を発症するが、その夜、訪ねてきた農業者の肥料相談に1時間ほど玄関の板の間に正座して対応したといわれる。翌21日午前11時半に喀血《かっけつ》。「南無妙法蓮華経」を唱える賢治から、父政次郎は遺言を聞き取った。

国訳妙法蓮華経千部の作製を願った賢治は、政次郎に「お前もなかなか偉い」と言われ、「おれもとうとうお父さんにほめられたもな」と弟清六さんを見てうれしそうに笑ったという。

その後、母イチからもらった水をおいしそうに飲み、消毒薬で身を清めた賢治は午後1時30分、潮が引くように息を引き取った。

賢治は死の数日前、自身の原稿について政次郎には「私の迷いの跡」と話す。清六さんには出版を託し、イチには「ありがたいほとけさんの教えを、いっしょうけんめいに書いたもの」だから「みんなでよろこんで読むようになる」と語ったとされる。

臨終に至る数日間の振る舞いと発言に大東文化大文学部（埼玉県）の千葉一幹教授（55）は「賢治という人間が37年という長くはない人生において追求してきた、最も重要なことが網羅的に示されている」とみる。「賢治の人生は現実的には何も成し遂げなかったに等しい。しかし、『迷いの跡』でも誰かが『よろこんで読む』かもしれない文学に賭けたとも言える。そこに賢治の祈りがある」と作品の意味を読み解く。

自身の病状を客観視　作品に見る賢治

だめでせう／とまりませんな／がぶがぶ湧いてゐるですからな（略）血がでてゐるにかゝはらず／こんなにのんきで苦しくないのは／魂魄《こんぱく》なかばからだをはなれたのですかな（略）あなたの方からみたらずゐぶんさんたんたるけしき〔き〕でせうが／わたくしから見えるのは／やっぱりきれいな青ぞらと／すきとほった風ばかりです。

「疾中」の中の詩編「眼にて云ふ」より

治療にあたった花巻共立病院（現総合花巻病院）院長の故・佐藤隆房博士の回想によると、この時の出血は壊血病による歯肉からの出血で、薬を塗っても注射しても止まらないので患部を焼いて止めたという。

同詩編に「ゆふべからねむらず血も出つづけなもんですから／そこらは青くしんしんとして／どうも間もなく死にさうです」とあるように極めて深刻な病状にもかかわらず、自身の病状を客観視する平静さと澄明な心境に驚かされる。

賢治研究の第一人者として知られた故分銅惇作《ふんどうじゅんさく》実践女子大教授（東京）は著書「宮沢賢治の文学と法華経」の中で「信仰の円熟、もはや生死を超越した詩人の晩年の心境をうかがわせる作品の一つ」と鑑賞した。

第二十九章　没後の評価

家族への愛、望郷という普遍的な感情や暮らしの哀歓を平易な言葉でうたった石川啄木と、争いのない世界を願い「みんなのほんたうのさいはひ」を求め続けた宮沢賢治。2人への評価は死後、さらに高まった。作品に込められた思いや祈りは、時代と国境を超えて共感を呼び、日本を代表する文学者として世界に広がり続けている。

普遍的な感情に共感　啄木

啄木は1910（明治43）年12月、第一歌集「一握の砂」を刊行し、そのわずか1年5カ月ほど後の12（同45）年4月13日、26歳でこの世を去った。

亡くなる1週間前に親友の土岐哀果（本名・善麿）に託した原稿「一握の砂以後」は、土岐により「悲しき玩具《がんぐ》」と名付けられ、6月に出版された。

その後も土岐や金田一京助らの手で遺稿集や全集が編まれ、二つの歌集に収められている歌の数々が広く知られることとなった。

国際啄木学会会長で明治大教授の池田功さん（58）によると、戦前の教科書に採用された作品は、望郷や親孝行を詠んだ感傷的な歌が多くを占める。戦後は、自由な雰囲気の中、いわゆる「啄木ブーム」が起こる。46（昭和21）年には15種類、47（同22）年には13種類の歌集や詩集などが刊行された。48（同23）年に秘蔵されていた日記が初めて刊行されると、全集に厚みが増し、研究にも弾みが付く。同時に、借金や、妻以外の女性とも関係を持っていたことなど、マイナス面も知られることにもなった。

一方、詩「はてしなき議論の後」や評論「時代閉塞の現状」などを通して、社会主義者らも、その思想面に注目してきた。啄木が書き残した「大逆事件」＝10（明治43）年＝についての記録や新聞記事のスクラップは、今なお続いている事件の検証で大きな役割を果たしている。

89年には、啄木研究の第一人者である故岩城之徳さんらが中心となって国際啄木学会を創立。現在は国内外の会員約２００人が、組織的に研究を進めている。

広がりは国内だけに限らない。同学会の国外支部は台湾、韓国、インドネシア、インドにある。

啄木作品はこれまでに、短歌を中心に14言語、18カ国で翻訳されている。

池田さんは「望郷への思いや母への愛情、日常の何げないことを詠んだ普遍的な感情は、国境を超えて通じ合うのではないか」と分析する。

日清戦争後の1895（明治28）年から50年にわたり日本の統治下にあった台湾では、統治時代に啄木の短歌や論文は翻訳ではなく、日本語で読まれ受け入れられていた。戦後は中国語訳で読まれ、啄木の作品が引用されている現地の作家の小説や論文もあるという。

明治大大学院教養デザイン研究科博士後期課程2年の劉怡臻《リュウイチエン》さん（32）は、「台湾の啄木」と呼ばれる詩人、王白淵《おうはくえん》（1902〜65）の詩に、その影響をみる。

東京美術専門学校への留学後、盛岡の岩手県女子師範学校で教えたこともある王は、台湾の雑誌に社会、時局を詠んだ3行書きの詩を発表した。その表現には啄木の模倣がみられ、「啄木調」と認識されているという。

「王は、盛岡時代に啄木への認識を深めたのではないかと想像される。植民地下の圧迫された生活の中で、啄木の歌に共感したのではないか」と劉さんは指摘する。

切ない母親孝行の歌　作品に見る啄木

たはむれに母を背負ひて
そのあまり軽きに泣きて
三歩あゆまず

「一握の砂」の「我を愛する歌」より

劉さんが台湾大在学中に初めて出合い、啄木研究の道へと進むきっかけとなったのが、この歌。「母親の体重が減っていく切なさが伝わってきた。親孝行の歌として、感動した」と振り返る。

台湾の若い詩人10人ほどに中国語訳を読んでもらい、インタビューした劉さんによると、好きな歌はそれぞれ分かれた。

「一握の砂」では「けものめく顔あり口をあけたてす／とのみ見てゐぬ／人の語るを」「或る時のわれのこころを／焼きたての／麵麭《ぱん》に似たりと思ひけるかな」などが関心を集めた。

「悲しき玩具」では「猫を飼はば、／その猫がまた争ひの種となるらむ、／かなしきわが家。」「庭のそとを白き犬ゆけり。／ふりむきて、／犬を飼はむと妻にはかれる。」などの歌が、人気だった。

「自己意識の強さを感じる」「瞬間の感情の描写が得意」「映像が浮かんでくるようだ」といった評価があったという。

読み継がれる「祈り」賢治

ほとんど無名だった賢治の名は1933（昭和8）年9月21日の没後、急速に広まった。弾みとなったのが翌34（同9）年1月刊行の草野心平編「宮澤賢治追悼」だ。草野は賢治の心象スケッチ「春と修羅」に感動し、自身が主宰する詩誌「銅鑼《どら》」同人に勧誘。「現在の日本詩壇に天才がゐるとしたなら（略）宮澤賢治だと言ひたい」（「詩神」26年8月号）と高く評価していた。

「追悼」は、賢治と親交のあった故・森荘已池《そういち》（本名・佐一）さん、辻潤、佐藤惣之助ら著名詩人も執筆。ひときわ強い光を放ったのは「内にコスモスを持つ者は世界の何処の辺縁に居ても常に一地方的の存在から脱する」という高村光太郎の「コスモスの所持者宮沢賢治」だった。「追悼」は文壇の中心的存在、作家横光利一の目に留まる。横光は賢治を「世紀を抜いた詩人」と称賛し、全集出版への道を開く。

初の全集は34年10月から翌年9月にかけて全3巻刊行された。草野、高村、横光、賢治の弟清六さんらが編さんに携わり、賢治の親友藤原嘉藤治は語彙注釈にも力を注いだ。同全集の発刊は「春と修羅」を夜店で見つけ、十年来愛読していたという詩人中原中也にも感慨深く受け止められた。

賢治像形成に大きな影響を与えたのが「雨ニモマケズ」だ。太平洋戦争中は大政翼賛会文化部編纂《へんさん》「詩歌翼賛」第二輯《しゅう》に収録され、滅私奉公の総動員体制に利用される。しかし、「翼賛詩の大半が否定された戦後ますます人々に支持されたところに『雨ニモマケズ』の特異性がある」と明星《めいせい》大教育学部（東京都）の平沢信一教授（51）は語る。

60年代には賛嘆一辺倒から多角的に捉える動きが活発化。「賢治がふと書きおとした過失」とする文芸評論家中村稔と、「明治以後の日本人の作った凡ゆる詩の中で、最高の詩」とする哲学者谷川徹三による「雨ニモマケズ」論争も起きた。

賢治の童話「烏の北斗七星」の中の祈りの言葉は、在米邦人が出版した日本戦没学徒の遺稿集（英訳版）の序文として紹介され、神風特攻隊が米同時多発テロの手本になったと邦人に厳しい目を向ける一部米国人の認識を変えたという。

賢治と戦没学徒の遺稿の関わりを考察する白木健一さん（81）は「この祈りの根底にはいかなる理由であれ、人の命を奪うことは許されないということがある」と解釈する。

中国では、賢治の詩友黄瀛《こうえい》さんが文化大革命後、その作品を広め研究者も育てた。現在、賢治の作品は、昨年イスラム圏で初めて刊行された「春と修羅」のペルシャ語訳を含め、22種類の言語に翻訳化されている。

地球環境の悪化に直面する近年は、童話「狼森と笊森、盗森」や同「虔十公園林」などからエコロジストとして論じられるなど評価は文学にとどまらない。

平沢教授（51）は「賢治の『世界がぜんたい幸福にならないうちは個人の幸福はあり得ない』という言葉の『ぜんたい』には自然との共生も含まれる。東日本大震災の後、賢治ならどう対処したかという問い掛けもあった。夢のようでも、みんなの幸福のために一歩を踏み出そうとする人々にいつまでも読み継がれるだろう」と未来を見据える。

碑に残らぬ詩の極点　作品に見る賢治

夜の湿気と風がさびしくいりまじり／松ややなぎの林はくろく／そらには暗い業の花びらがいっぱいで／わたくしは神々の名を録したことから／はげしく寒くふるえてゐる

「春と修羅」第二集〈夜の湿気と風がさびしくいりまじり〉より

「一九二四、一〇、五」の日付があり、下書き稿は「業の花びら」の題があった。

この作品は羅須地人協会跡に建立する碑に刻む詩の候補にもなったが、難解なところもあったため、一般の人にも分かりやすいものが望ましいとして、最終的には「雨ニモマケズ」が選ばれた。

明星大の平沢教授は「『雨ニモマケズ』は行動する賢治を、『業の花びら』は詩の極点を象徴する作品。『業の花びら』が刻まれていたら、今ほど賢治は有名にならなかったかもしれない」と思いをはせる。

第三十章　識者に聞く

普遍的なメッセージを内包し読み継がれている石川啄木と宮沢賢治。生前の評価は決して高かったわけではなく、苦悩と向き合った生涯だった。手紙や作品から見える宗教との関わり、病や死に対する姿勢は、どんなものだったのだろうか。国際啄木学会会長の池田功さんと宮沢賢治学会イーハトーブセンター代表理事の栗原敦さんに聞いた。

今に通ずる感覚魅力　国際啄木学会会長　池田　功さん

―全集に収録された手紙511通から読み取れることは。

「特筆すべきは『ブログ感覚』。多くは、実用的な内容以上に自分の情報を一方的に報告していた。生涯にわたる経済苦や病苦、恋愛感情、思想の遍歴などが記されており、一人の人間ドラマを読み取ることができる」

「人間関係も分かる。例えば金田一京助には生涯候文で書いており、敬意を持って接していた。

一方、妹の光子には乱暴とも言える文体で、叱咤《しった》激励していた。賢治と妹トシとの関係とは正反対で、おもしろい」

―16歳から10年間で13冊の日記を残した。

「書きながら考える行動の人だった。『ローマ字日記』は、1日18枚も書いていたこともある。困難な状況を分析し、自分を励ます言葉を日記に書き散らすことによって、気分を調整していた。初めからペンネームを使っており、後世に日記文学として残したいという意気込みも感じられる」

―作品には仏教やキリスト教の影響が指摘されている。

「寺の子として生まれたことは大きな意味を持っていると思うが、父の一禎は跡を継がせようとしたことはなく、啄木も表面的には仏教にあまり関心を示さなかった。詩や小説への影響が指摘されているキリスト教は、ハイカラで革命的な宗教と思っていたようだ。啄木にとって宗教は、絶対的に帰依するものではなく、聖書や仏教書などを介して、文化面や思想面を受容することが中心だった」

―当時、文学の主流が小説へと移っていった。

「島崎藤村や田山花袋ら、自然主義小説の時代となっていった。収入が得られることもあり、啄木も小説を書く。特に北海道から単身上京後には、1カ月で300枚も書いたが、売れなかった。そうした時に三十一文字の短歌が湧いてくる。啄木にとって短歌のリズムは体に染み込んでいて簡単に湧いてくるものだった。短歌は日常生活の一瞬一瞬を詠むものとして価値があり、小さな器であるが故に便利だと考えるようになった」

—「大逆事件」に象徴される「時代閉塞」の時代でもあった。

「大逆事件や日韓併合など、国家の強権が大きく横暴を振るった。それに対して自由に批判できる時代ではなかったが、啄木は歌に詠み、評論を書く。評論『時代閉塞の現状』では、どのようにしたらより良き明日になるのかを考察していかなければならないと説いた。啄木自身は、そのために新しい雑誌の計画などをして、若い人たちを『扇動』しようとした」

—自身や家族の病、死とどう向き合っていたか。

「日記や手紙に、頭痛や神経衰弱といった不定愁訴を書いている。結核のために姉サダが亡くなった20歳の時の日記には『あゝ肺病になるのか？』と記している。そのころから姉のように亡くなるのではないかという恐れを持っていたのではないか」

「亡くなる前年、慢性腹膜炎で40日間ほど入院した後には、手紙や日記の話題のほとんどが本人か妻節子、母カツの病気が占める。カツが結核であると診断を受けた時には手紙に『去年からの私一家の不幸の源も分つたやうに思はれます』と書いた。母の肺患が原因でサダの死があり、節子、自分の病もあると判断したと思われる。母の死を従容として受け入れ、同時に自らの死もそれほど遠いものではないと考えざるとえない状況だった。啄木にとり死は身近にあり、あらがいつつも受け入れざるをえない気持ちだったと思う」

―海外でも啄木作品が翻訳されるなど、高く評価されている。

「望郷の思いや母への愛情、日常の何げないことを詠んだ普遍的な感情が共感を集めている。今の私たちの感覚に直接訴えてくる魅力があり、130年前に生まれた人とは思えない、新しさを発信している」

【いけだ・いさお】 1957年新潟県生まれ。明治大大学院文学研究科博士後期課程単位取得退学。明治大政治経済学部・同大学院教養デザイン研究科教授。国際啄木学会事務局長、副会長を経て2015年から7代目会長。主な著書に「啄木日記を読む」「啄木　新しき明日の考察」「石川啄木入門」「啄木の手紙を読む」など。59歳。

啄木・賢治愛受け継ぐ　盛岡大の研究会

盛岡大（滝沢市）の日本文学会啄木・賢治研究会（高橋韻人《たつと》代表、会員13人）は週1回昼休みに集まり、古里を代表する文学者である石川啄木と宮沢賢治の作品を読み、議論を重ねている。２０１６年度は賢治の童話「茨海《ばらうみ》小学校」に取り組んだ。言葉の意味や背景、登場人物の心境を細かく解釈。成果は秋の大会で発表し、論文にまとめた。

高木莉子《りこ》さんは「賢治の作品は、読んでいるうちに意識が透明になる感じがする」、代表の高橋さんは「啄木の『かにかくに―』など古里の歌が好き。みんなが持っている思い出の山や川を表現している」と、それぞれの魅力を語る。

同会は１９９２年、当時同大助教授だった遊座昭吾さん（国際啄木学会元会長、２００９年第62回日報文化賞学芸部門受賞）が立ち上げた。啄木愛、賢治愛は世代を超えて学生たちに受け継がれている。指導する同大助教の塩谷昌弘さん（34）は「学生たちにはそれぞれ啄木、賢治のイメージが出来上がっている。それぞれの像をぶつけ合うことで、より柔軟な読み方ができ、驚きや発見につながっている」と利点を挙げる。

求め続けた「理想郷」　宮沢賢治学会イーハトーブセンター代表理事　栗原　敦さん

—賢治の日記は見つかっていないが、手紙は500通余り確認されている。

「いつも正義感にあふれ、誰に対しても真剣に真っすぐ向き合うという姿勢に貫かれている。大人になってからの大切な手紙には、下書がいくつも残されたものがあって、年齢に応じて生きることへの認識の深まりが刻まれていったことが分かって頭が下がる」

—自分や、一族の病や死をどうとらえたか。

「妹トシのほか宮沢家には結核を病む人がいた。古い仏教信仰でいうと、代々積んだ罪が重なり、病人が出るなどと言ったりする。親類には賢治に出家してもらい、そうした罪を消してもらいたいと願った人もいたようで、賢治も思うところはあったようだ。盛岡高等農林学校（現岩手大農学部）時代には、亡祖父がどこに行ったのかと死後を問うことを通じて『出家をも致すべき』という考えを父に書き送った手紙もある」

—晩年は「文語詩稿五十編」「同一百編」など文語詩の創作に力を注いだ。

「口語詩も並行して作っているが、1回目の闘病生活を題材にした詩群『疾中』の半分ほどが文語で書かれている。死に至る2回目の闘病生活で使った雨ニモマケズ手帳にも文語の言葉が多く記されている。死に追い込まれる心境や自戒を込めた言葉として使ううち、短く切り詰めた表現に口語にはない効果や魅力を見いだしたのではないか」

―賢治にとって宗教とは。

「賢治は生きることは喜びであるという幸せな幼年時代を持つ。また、独特の自然体験や芸術の喜びから世界が本当は美しく輝いているということを心と体で何度も味わった。しかし、この世を生きるには険しく暗い現実がある。みんなが明るく楽しく暮らせる理想の世界は簡単には実現しないが、それを求め続ける正しさを裏付け、支えるものとして、その生命観に裏付けられた宗教があったように思う」

―理想を実現するために、労農運動を支援した。

「無産階級を基盤とする労働農民党の地元支部を支援した。一般の国柱会信徒にはない独特の振る舞いといえる。交換教授で支部員からレーニンの著作を学んだが、結局は自分の思想と違うと表明したという。プロレタリアとブルジョアを敵味方に分け、憎しみを持って打倒するという形での階級闘争主義に違和感があったのかもしれない」

「童話『カイロ団長』はアマガエルをだまして働かせる殿様ガエルが善意によって反省し、和解する。革命で成立したソビエトはその後、スターリニズム全体主義的社会主義となった。暴力による弾圧や支配は憎悪を増幅して連鎖し、世界は一層混迷を深めている。善も悪も包むもっと大きな視線、優しさや温かさの下に導きたいというのが賢治の願いだろう」

―賢治の国際社会に対する意識はどうだったか。

「中国や韓国を軽蔑するような排外主義的なところはない。『文語詩稿五十篇』の冒頭には太鼓をたたく朝鮮のあめ売りを書いた「〔いたつきてゆめみなやみし〕」がある。下書稿（「鼓者」）にはそのリズムの正しさが、賢治の病苦の心身に安らぎを与えたことや、異邦をさまよう朝鮮人労働者への思いを寄せたものであることが分かりやすく示されている。不当に差別された人びとに対する痛切なまなざしがあり、決して近隣諸国の盟主となって支配するというようなことを認める人ではない」

―生誕120年の今、賢治に学びたいことは何か。

「中国人の父と日本人の母の間に生まれ、賢治と生前1回だけ顔を合わせた詩人黄瀛《こうえい》は、境界を越えて生きる意味を問い続けた自身の体験を踏まえ、賢治作品の普遍的な価値を語った。そういう意味で、賢治が『イーハトーブ』と呼んだ理想郷は、国境や民族、グローバル化する世界の光と影を超えて通い合う何らかの働きによって共に生きることができる所を指し示したものといえる。今あらためてその意味を問い返すことが求められているのではないか」

【くりはら・あつし】　1946年、群馬県渋川市生まれ。旧東京教育大大学院文学研究科修士課程修了。立正女子大（現文教大）専任講師、金沢大文学部助教授を経て82年から実践女子大文学部に勤務。90年同教授、98年から2003年までと15年から現在まで同学部長。「宮沢賢治　透明な軌道の上から」でやまなし文学賞受賞。12年から宮沢賢治学会イーハトーブセンター代表理事。69歳。

イスラム圏で翻訳化　イランの教師・サベルさん

イランの首都テヘラン市に住むテヘラン日本人学校教師アスィエ・サベルさん（53）は2015年末、イスラム圏初となる賢治の詩集（ペルシャ語訳）を刊行した。

詩集は、心象スケッチ「春と修羅」のほか、病床で書いた「雨ニモマケズ」や、詩群「疾中」などから自身が好きな作品を抜粋。文教大文学部（埼玉県越谷市）の客員共同研究員として日本に3カ月滞在し、鈴木健司教授の協力を得ながら翻訳に取り組んだサベルさんは「以前から仏教について勉強していたが、宗教的な表現の理解がとても難しかった」と振り返る。

賢治の作品に興味を持ったのは2009年にテヘラン大で日本語学科講師を務めていた時で「自然の描写の美しさや神秘主義的な表現、賢治の純粋な生き方に強く引きつけられた」という。

その後、賢治の宗教についても学んだ。サベルさんにとって賢治の詩は「宗教の教えを前面に出しているようには感じられず、作品に表れた自然や人間への愛、モラルに価値があると思う」と指摘。「今後は童話集『注文の多い料理店』も翻訳する。これらの作品の文学性も非常に理解が難しいけれども、多くのイラン国民に読んでほしい」と情熱を燃やす。

啄木・賢治年表

HISTORY

西暦	年号	啄木年齢	啄木年表	賢治年齢	賢治年表
1886	明治19	0歳	2月20日／父石川一禎、母工藤カツの長男として南岩手郡日戸村（現盛岡市日戸）に誕生。常光寺に生まれる	—	◆1885年 内閣制度発足
1887	20	1歳	3月／一禎が宝徳寺住職となり、一家は渋民村（同市渋民）へ移る	—	
1888	21	2歳	12月20日／妹光子誕生	—	◆1889年 大日本帝国憲法発布
1891	24	5歳	5月／学齢より1年早く渋民尋常小学校（現渋民小）入学	—	◆1890年 教育勅語発布。第1回帝国議会開会
1892	25	6歳	9月／工藤カツが石川家に入籍する	—	

◆…県内外の出来事

1895	28	9歳	3月／渋民尋常小学校卒業 4月／盛岡高等小学校（現下橋中）入学。金田一京助と出会う。校長は新渡戸仙岳	—	◆1894年 日清戦争勃発（～95年） ◆下関条約調印。台湾総督府を設置
1896	29	10歳	◆6月／三陸大津波 ◆8月／陸羽大地震	0歳	8月27日／父政次郎　母イチの長男として稗貫郡里川口町（現花巻市）に生まれる
1897	30	11歳	6月／中学校受験のため学術講習会（現江南義塾盛岡高）に通いはじめる	1歳	
1898	31	12歳	4月／啄木が盛岡尋常中学校（翌年から盛岡中学校と改称、現盛岡一高）入学。1～3年次の担任は富田小一郎	2歳	◆初の政党内閣が発足。明治民法施行 11月5日／妹トシ生まれる

西暦	年号	啄木年齢	啄木年表	賢治年齢	賢治年表
1899	32	13歳	4月／後の妻、堀合節子が盛岡高等小学校（現下橋中）から私立盛岡女学校（現盛岡白百合学園高）2年次に編入。この年、啄木と出会う	3歳	
1900	33	14歳	3年に進級し間もなくユニオン会結成。 啄木が京助から「明星」を借りるなど交流する 7月／富田に引率され、丁二会の旅行で南三陸沿岸を回る	4歳	
1901	34	15歳	2月／校内刷新運動が発生し、啄木もストライキに参加する。 12月3日から1月1日にかけ「岩手日報」の「白羊会詠草」に「翠江」の筆名で短歌25首が掲載される	5歳	◆八幡製鉄所が操業開始 6月18日／妹シゲ生まれる

1902	35	16歳	3月／節子が盛岡女学校を卒業 4月／4年の学年末試験で不正行為があったとしてけん責処分 7月／1学期末試験の不正行為で2度目のけん責 10月／「明星」に歌が掲載される。盛岡中学校を中退し、文学で身を立てるべく上京 11月2日の日記に（岩手山に登る）と記す	6歳	◆東北地方凶作。第一次日英同盟協約を締結 9月／赤痢を病む。看病中、父政次郎も感染する
1903	36	17歳	2月／迎えに来た父一禎と渋民に帰郷 5月31日から「ワグネルの思想」を「岩手日報」に連載（7回）	7歳	◆東北地方飢饉《ききん》 4月／町立花巻川口尋常高等小学校（05年に花城尋常高等小と改称、現花巻小）に入学

西暦	年号	啄木年齢	啄木年表	賢治年齢	賢治年表
1904	37	18歳	1月／長姉サタの尽力で節子との結婚決まる 節子、4月から翌年3月まで篠木尋常高等小学校（現篠木小）代用教員として勤務 10月／詩集刊行のため上京 12月／一禎が宝徳寺住職を罷免される	8歳	◆日露戦争勃発（～05年） 4月1日／弟清六生まれる
1905	38	19歳	5月／第一詩集「あこがれ」刊行。 5月12日／啄木と節子が入籍。同月末、新郎の啄木不在の結婚式 6月から盛岡で生活 6月9日から「閑天地」を「岩手日報」に連載（21回） 9月／文芸雑誌「小天地」を創刊、仙岳が寄稿する	9歳	◆東北地方大凶作 4月／八木英三が花巻川口尋常高等小学校3年生の賢治の担任となる（～07年2月）

1906	39	20歳	2月25日／長姉サタ死去 3月／渋民に移る 4月11日／啄木が代用教員として渋民尋常高等小学校（現渋民小）に勤務 12月29日／長女京子生まれる	10歳	◆東北地方大飢饉 4月／花城尋常高等小学校（現花巻小）4年生。石の採集や昆虫の標本作りに熱中する 8月／花巻・大沢温泉で開かれた第8回夏期仏教講習会に参加
1907	40	21歳	4月21日付で代用教員を免職される 5月／啄木と光子が連絡船で函館へ渡る。宮崎郁雨と出会う。その後、光子は小樽滞在中に洗礼を受ける 6月11日／弥生尋常小学校代用教員となる 7月／郁雨の金銭的援助始まる 8月18日から「函館日日新聞」記者。札幌「北門新報」校正係を経て10月から「小樽日報」記者、12月退社	11歳	3月4日／妹クニ生まれる

西暦	年号	啄木年齢	啄木年表	賢治年齢	賢治年表
1907	40	21歳	8月／啄木がカツを函館に迎える 8月25日／函館大火 9月11日／同小に辞表提出、初めて智恵子と話す。同12日、「あこがれ」を持って智恵子を訪ね、2時間語り合う。随筆「一握の砂」を発表	11歳	3月4日／妹クニ生まれる
1908	41	22歳	1月／啄木が「釧路新聞」記者となり、小奴らと親しくなる。 北海道漂泊を経て4月、母と妻子を郁雨に託す。節子らは函館に残る。啄木が釧路を去り、函館を経て上京。啄木が上京し、5月から本郷区菊坂町（現文京区本郷）の赤心館で同居する 9月／京助が本を売り啄木の宿代を立て替え、同区森川町（同）の蓋平館別荘へと移る 11月／「明星」が１００号で終刊 12月／小奴が啄木を訪ねる	12歳	

1909	42	23歳	1月／文芸雑誌「スバル」の編集に関わる 3月から「東京朝日新聞」校正係。 5月／小説断片「一握の砂」を書く。岩手日報の客員をしていた仙岳に頼み、5～6月に「胃弱通信」を寄稿 6月／啄木の母と妻子が上京、一家は本郷区本郷弓町（現文京区本郷）の喜之床へ移る。 10月／妻節子が家出し、仙岳に手紙を出す。京助に助けを求める。郁雨が節子の妹、堀合ふき子と結婚。岩手日報の客員をしていた仙岳に頼み、10～11月に「百回通信」を寄稿。	13歳	4月／盛岡中学校入学、寄宿舎に入る。2年生の藤原健次郎と同室になる ◆10月／伊藤博文暗殺

西暦	年号	啄木年齢	啄木年表	賢治年齢	賢治年表
1910	43	24歳	6月／幸徳秋水らの「陰謀事件」が報道される。「所謂今度の事」「時代閉塞の現状」を書く。 10月4日／長男真一生まれる。同27日真一死去 11月／「一利己主義者と友人との対話」を発表 12月／第一歌集「一握の砂」刊行	14歳	4月／盛岡中学校2年に進級 6月／岩手山初登山 9月／同室の親友健次郎が病死 ◆幸徳秋水らが逮捕される。韓国併合
1911	44	25歳	1月／幸徳秋水「大逆事件」判決、死刑執行。「A LETTER FROM PRISON」など書く 2月4日～3月15日／慢性腹膜炎と診断され東京帝大医科大付属病院（現・東京大医学部付属病院）に入院 9月／郁雨から節子にあてた手紙がもとで啄木と郁雨は義絶	15歳	短歌制作開始。盛岡・願教寺住職島地大等の講話を聞く ◆幸徳ら12人が死刑となる。工場法制定

1912	45	26歳	1月30日／神楽坂の相馬屋へ原稿紙を買いに行く。 3月7日／母カツ死去 3月31日／京助が啄木を見舞う 4月13日／京助が啄木の病床に駆け付ける。午前9時30分、啄木東京で死去 6月／第二歌集「悲しき玩具」刊行	16歳	5月／松島・仙台方面修学旅行に行き、初めて海を見る ◆7月／明治天皇崩御
1913	大正2	—		17歳	1月／新舎監排斥運動。北山の寺に下宿 5月／北海道修学旅行
1914	3	—	◆第1次世界大戦勃発（〜18年）	18歳	3月／盛岡中学校卒業。 4月／岩手病院に入院し、肥厚性鼻炎の手術受ける看護師に初恋 9月／「漢和対照妙法蓮華経」を読む

西暦	年号	啄木年齢	啄木年表	賢治年齢	賢治年表
1915	4	—		19歳	1月／盛岡市の教浄寺で受験勉強 4月／盛岡高等農林学校（現岩手大農学部）首席入学。同部主任教授の関豊太郎と出会う。トシが日本女子大学校に入学 8月／願教寺の夏期仏教講習会参加
1916	5	—		20歳	3月／盛岡高等農林学校の修学旅行で東京の農事試験場など見学。 4月／盛岡高等農林学校2年生。同校に入学した保坂嘉内と出会う 5月／北上山地探訪 7月／盛岡付近地質見学 8月／東京でドイツ語夏季講習会受講 9月／秩父地方地質見学

1917	6	—	◆ロシア革命、ソビエト政権成立	21歳	1月／父政次郎の商用代理で上京。明治座一幕だけのぞく 4月／盛岡高農3年 7月／嘉内らと文芸同人誌「アザリア」創刊 8月／江刺郡地質調査（〜9月）
1918	7	—	◆第1次世界大戦終結、シベリア出兵	22歳	3月／盛岡高農卒業 4月／同研究生となる（〜20年5月）。稗貫郡土性・地質調査開始（〜9月）。徴兵検査で第二乙種、徴兵免除 6月／肋膜炎との診断受ける 12月／トシが東京の病院に入院（〜19年2月下旬）。トシの看病で上京。上野の図書館通い（〜19年3月）

西暦	年号	啄木年齢	啄木年表	賢治年齢	賢治年表
1919	8	—	◆岩手山水蒸気爆発	23歳	2月／上野国柱会館で田中智学の講演を聴く 3月／トシが花巻に帰る。日本女子大学校を卒業
1920	9	—		24歳	5月／賢治盛岡高農研究生修了。家業手伝う 9月／トシが母校の花巻高等女学校教諭心得となる（～21年9月）
1921	10	—	◆盛岡出身の原敬首相暗殺	25歳	1月／無断上京し、文信社で働き、国柱会で奉仕活動。童話多作 4月／賢治と政次郎が関西旅行 7月／賢治と嘉内が会う。8月ごろ賢治、トシ発病により帰郷 10月（推定）／花巻高等女学校の音楽教諭藤原嘉藤治との交流始まる 12月／賢治、稗貫農学校（花巻農学校）教諭

1922	11	—		26歳	1月／「春と修羅」起稿 2月／「精神歌」を創作。レコード収集熱高まる 9月／稗貫農学校生を連れ、岩手山登山。詩「東岩手火山」詠む 11月27日／妹トシ死去
1923	12	—	◆関東大震災	27歳	1月／在京中の弟清六を訪ね、出版社への童話原稿売り込みを依頼 7月末～8月中旬／生徒の就職依頼のため樺太へ
1924	13	—	◆東北砕石工場設立 ◆文部省（現文科省）が学校劇禁止令	28歳	4月／「春と修羅」刊行 5月／生徒を引率し、北海道修学旅行。北海道石灰会社を見る 12月／「注文の多い料理店」刊行

西暦	年号	啄木年齢	啄木年表	賢治年齢	賢治年表
1925	14	—	◆治安維持法制定、普通選挙法制定	29歳	新年度、賢治が中心となり、花巻農学校に音楽団つくる 6月／保阪に「来春はわたくしも教師をやめて本統の百姓になって働きます」と手紙で告げる。以後保阪への書簡見つからず 7月／森佐一編集発行の岩手詩人協会詩誌「貌」創刊号に詩発表 9月／草野心平主宰の詩誌「銅鑼」に詩発表
1926	昭和元	—	◆労働農民党結成（〜28年解散）	30歳	3月／ベートーベン１００年祭レコードコンサート開催。花巻農学校教諭を退職 4月／羅須地人協会の活動開始 12月／上京し、オルガンとチェロのレッスン受ける。上京中、高村光太郎宅を訪問

1927	2	—		31歳	2月1日付岩手日報で羅須地人協会の活動が紹介され、花巻署の事情聴取受ける
1928	3	—	◆第1回普通選挙	32歳	6月／上京、大島の伊藤七雄・チエ兄妹訪ねる。大島旅行の後、浮世絵展覧会鑑賞 8月／両側肺浸潤と診断される。須地人協会の活動断念 12月／急性肺炎
1929	4	—		33歳	春、自宅療養中の賢治を鈴木東蔵が初訪問
1931	6	—	◆満州事変勃発、東北冷害凶作	35歳	2月／賢治、東北砕石工場技師となる 9月／賢治上京して発熱し帰宅。遺書を書く 11月3日／「雨ニモマケズ」を手帳に記す

西暦	年号	啄木年齢	啄木年表	賢治年齢	賢治年表
1932	7	—		36歳	10月に県公会堂で演奏する藤原嘉藤治のチェロと自分のチェロを交換
1933〜	8	—	◆三陸大津波、県内豊作 ◆1937年　日中戦争 ◆1941年太平洋戦争勃発（〜45年）	37歳	9月11日／花巻農学校の教え子柳原昌悦に現存最後の手紙を出す 9月21日／「国訳妙法蓮華経」1千部の配布を遺言し、死去

あとがき

「『啄木賢治の肖像』を書籍として世に出さないか。後世に残すべき連載と思う」岩手大学名誉教授の望月善次氏から2017年5月、熱いエールをいただきました。

この「啄木賢治の肖像」は、石川啄木の生誕130年、宮沢賢治の生誕120年を記念して2016年1月から計30回にわたり1ページ連載しました。二人とも岩手県民にとって幼いころから親しんだ作家です。造詣が深い読者が納得する内容を掲載すべく、「誕生~幼少期」「友」「時代」など18のテーマからその分野の第一人者に取材協力をいただきました。その甲斐あって、今まであまり知られていなかった啄木と賢治の人間性を新鮮に感じた読者は多かったのではないでしょうか。

「友」「両親」「女性」に対する思い、「東京」への憧れ、「仕事」「お金」に関する葛藤や悩みなど、現代のデジタル世代と呼ばれる若者たちに時代を超えても変わることのない普遍的なメッセージを読み取っていただけたら幸いです。本書は手軽な新書版を選択しました。加えて、書籍化するにあたり、学生や旅行者がゆかりの地を散策できるよう巻頭に地図としてまとめてあります。本書を読んだ後は、ぜひ足を運び作品を生んだ岩手の土壌、風土、そして人間を感じてください。

書籍化の話と同時期の17年夏、岩手県在住の沼田真佑氏が「影裏」で第157回芥川賞に輝きました。そして翌年、遠野市出身の若竹千佐子さんが「おらおらでひとりいぐも」で第158回芥川賞、さらに、宮沢賢治の父を題材にした小説「銀河鉄道の父」が直木賞を受賞しました。文学を通じて県民が郷土に誇りを抱くことができた思い出深い年に、岩手が生んだ日本を代表する文学者二人の書籍を発行できたことは非常に喜ばしい限りです。

最後に、執筆にご協力をいただいた識者の諸先生方にあらためて心より御礼を申し上げます。

啄木賢治の肖像

2018年4月16日　第1刷発行

著　　者　阿部友衣子　志田澄子

発行者　東根千万億

発行所　株式会社岩手日報社

〒020-8622 岩手県盛岡市内丸3-7

TEL 019-653-4117

印刷所　株式会社杜陵印刷

ISBN 978-4-87201-421-1　C1295　¥900E